이상한 밴쿠버의 앨 리 스

장윤정 지음

For life as a stranger

2021년 9월, 서울: 20대 중반의 무덤덤함, 그리고 바른 길이 낳은 지루함의 오류에 갇혀 버렸다. 25번째 생일이 다가오는데 벌써 앞으로 남은 삶이 뻔히 내다보인다니.

나는 딱히 큰 말썽을 피운 적도, 사고를 친 적도, 딱히 어려운 시기를 겪은 적도 없는, 어딜 가나 표준이 되는 모범적 인간이었다. 고등학교 땐 전교 우등생, 대학교에선 수석, 교회에서는 대학부 부장.

한 번의 휴학도 가지지 못한 채 23살에 대학교를 졸업하고, 이미 졸업하기 전부터 취업에 성공해 일을 하는 그런 사람. 왜 그렇게 살았을까 돌아보면, 엄격한 부모님의 비위에 맞추려다 '착한 아이 증후군'에 걸려 버렸고 사회에서 인정받는 성공의 궤도 안에 들어가 있어야만 한다는 무언의 압박 때문이었다.

수천 권의 책을 읽었으나, 막상 두 눈과 몸으로 겪는 세상은 알지 못했으며 그래서 이런 삶이 최선이자 최고인 줄 믿고 목표에 충성했다.

아는 것은 오직 목표 성취와 숫자로 표현될 수 있는 '수치적 삶'이 전부일 뿐. 내 나이에 이룰 수 있는 것은 다 이룬 듯했고, 그래서 절망스러웠다. 완벽함에게 통제되는 삶, 그래서 이뤄 낸 성취들은 사실상 별 의미가 없었다. 사는 게 즐겁지 않은데 주변에선 박수와 칭찬을 보냈고 그건 점점 달기보다 쓰기만 한 아이러니가 되어 가고 있었다.

내가 믿던 정답이 적어도 나에게는 오답이었다는 걸 알게 된 후, 나는 어딘가 머나먼 타지로 떠나자고 마음먹었다. 아무도 나를 모르는 곳에서, 내가 살았던 방식과는 정반대로 살아 보기로. 이 책은 이른바 나의 '일 년간 계획과 목표 없이, 거꾸로 살아 보기'의 실험 보고서다.

실험 장소는 캐나다 밴쿠버. 시작 날짜 2022년 6월 6일.

CONTENTS

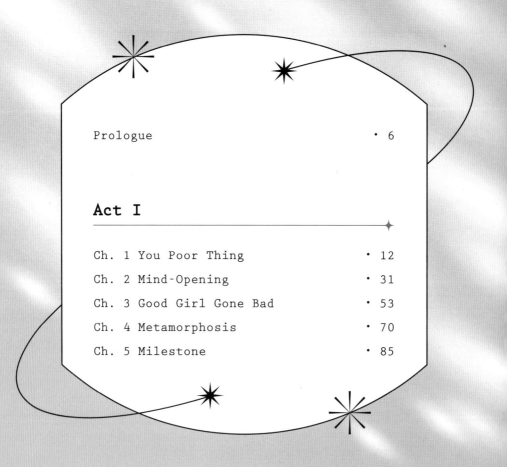

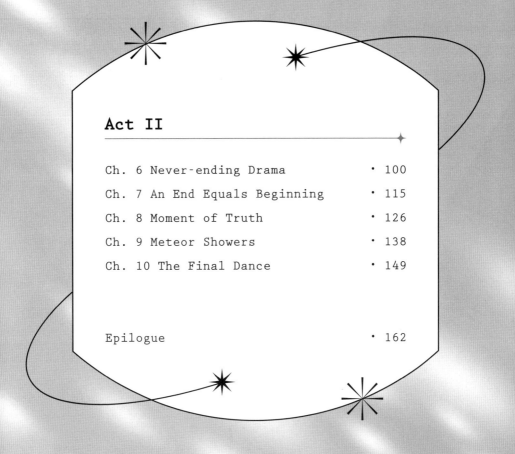

Act II

Act I

Ch. 1
You Poor Thing

밴쿠버로 가게 된 이유는 지극히 단순했다. 내가 배운 미국식 억양을 쓸 수 있고, 비자 발급이 쉬운 캐나다에서 유일하게 안 추운 도시라서 갔다. 전날 밤 급하게 짐을 싸고 많은 정보도, 물건도 갖추지 못한 채 비행기에 오르고 그러니까, 말 그대로 거의 맨땅에 헤딩했다.

11시간의 비행을 꼴딱 샌 두 눈으로 마치고, 공항에 내려 3시간의 대기 시간 끝에 비자를 받고, 이제 드디어 나가려는데 공항 경찰이 갑자기 다가와 검사를 하겠다며 나를 붙잡았다. 공항 경찰 오피스로 그를 따라가자 마주한 건 수십 개의 검사대가 놓인 텅 빈 공간. 그곳에는 아무도 없었고 나 혼자뿐이었다. 분명 뭔가 잘못되었다. 시작부터 꼬였다는 기분을 억지로 떨쳐냈다.

차가운 인상의 남자 경찰은 25kg에 달하는 캐리어 두 개를 집어 올려 검사대에 직접 놓으라 지시했고, 들어 올리기엔 지나치게 무거운 캐리어를 자꾸 놓쳐도 팔짱을 낀 채 낑낑대는 나를 범죄자처럼 심각히 지켜보았다. 모든 가방을 전부 열고 속옷을 만지면서 짐을 뒤지더니, 이번엔 내 여권을 가져가 신원을 조사하기 시작했다. 아무것도 발견하지 못한 그는 공격적인 질문을 던지며 나를 심문했고, 1시간이 지난 끝에야 나를 놓아줬다.

캐나다에 도착한 신고식인가. '시작부터 거창하게 치르는군.' 나는 잘못한 게 아무것도 없었다. 영문도 모른 채 당한 게 억울해 여러 사람에게 물어보니, sex worker라고 의심되는 여자를 검사하는 사례가 아주 간혹 있다고 한다. 이 극적인 시작은 훗날 이어질 드라마를 암시하는 복선이었다. 파란만장한 나의 밴쿠버 드라마를 알리는.

아직도 겁을 먹어 떨리는, 또한 억울함으로 구겨진 마음을 진정시키며 공항에서 시내로 향했다. 그러나 택시 창밖으로 낮은 주택가들이 막힘 없는 하늘 아래 펼쳐지자, 그제야 내가 빌딩으로 가득 찬 서울에서 8,154km나 떨어진 전혀 다른 이방의 땅에 왔다는 게 실감났다.

앞으로 여기서 어떻게 살게 될지 아무것도 모르고, 이 도시는커녕 이 나라 전체에 아는 사람이 단 한 명도 없다. 그래서 얼어 있던 마음도 해동되기 시작했다. 더 이상 누군가를 위해 성공하지 않아도 된다는 사실에. 아무도 나를 모른다. 그러므로 무슨 선택이든 순전히 자의로 내린 나만의 선택으로 살아갈 것이라는 사실에.

첫 한 달은 일을 구하는 것에 주력했다. 로컬 술집[1]에서 서버로 일하

---

[1] 로컬 bar는 일반 레스토랑보다 일이 더 어렵기 때문에 서빙 관련 경험이 없는 사람은 처음부터 지원이 불가능한 경우가 많다.

고 싶다는 바람이 있었지만 1년밖에 되지 않는 비자와 서버 무경험의 이력서는 무수히 보내 봐도 인터뷰가 잡힐 리 없는 조합이었다. 그래서 쉽게 뽑힐 만한 곳에만 면접을 보러 다니고, 막상 트레이닝을 받을 때가 되면 도망가는 짓을 2주간 반복하고 있었다.

그러다 어느 날 함께 술을 마시던 룸메이트가 정곡을 찔렀다. "넌 왜 도전하지 않고 쉬운 일만 찾아?" 그 말을 듣고 다소 분에 찬 다음 날, 구인 중이라는 소식을 들은 로컬 음식점에 이력서를 내러 갔다. 한국은 이력서를 직접 들고 가는 일이 거의 없고, 100% 인터넷으로 먼저 지원한 뒤 연락을 받으면 면접을 보러 가기 때문에 '저를 뽑아 주세요'의 태도로 방문해 이력서를 내고 온다는 건 무지 어색하고 불편한 일이었다.

나는 보장받는 울타리 안에서만 살아왔다. 이를 벗어나고자 이곳까지 왔지만, 여전히 관성의 법칙처럼 쉽고 익숙한 길만 찾고 있다는 걸 스스로도 알고 있었다. 도전이라는 큰 마음으로 이력서만 내려 했는데, 직원은 마침 매니저가 곧 오니 기다리라 했고 얼떨결에 면접까지 보고 나왔다. 그리고 다음 날 받은 전화는 이러했다: "안녕, 너 혹시 사장님이 맞은편에서 운영하는 술집에서 서버로 일할래?"

그렇게 Comfort Zone[2] 바깥으로 첫발을 디딘 후에는 밤의 유흥을 찾아 다니기 시작했다. '쾌락'. 오랫동안 이성이 금지했던 욕망을 위하여, Cheers. 25살의 인생 뒤늦은 첫 클러빙이었다.

---

2)   직역하면 안락 구역. 도전이 필요하지 않은 자신의 익숙한 영역이라 할 수 있다.

얼마나 많은 술잔을 부딪혔는지 기억나지 않는 첫 클러빙의 밤은 그동안의 금기가 한번에 해제된 날이었다. 술에 취해 고조되는 기분도, 그와 함께 춤을 추는 것도, 뭐든지 첫 경험만큼 짜릿한 건 없지. 처음으로 나 자신을 음악에 내려놓고 춤을 추며, 보이지 않는 무언가에서 해방되는 그 느낌은 옆에서 춤을 추던 여자에게 건네받은 전자 담배로 클라이맥스를 향하고 있었다.

그러나 담배를 피워 본 적이 없었던 몸에 들어온 대량의 니코틴으로 식은 땀이 나며 어지럽기 시작하고 새벽 3시, 클럽을 퇴장할 때는 토할 것 같은 지점에 이른 절정이었다. 그럼에도 불구하고 클럽 안에서 같이 놀던 사람들이 24시 카페에 가자고 꼬시자 아쉬운 마음에 Yes로 응했고, 카페에 들어설 즈음엔 진짜로 구토가 올라왔다. 다급히 들어선 화장실에서 힘겹게 토를 한 뒤 그들이 시킨 아메리카노를 마시며 책상에 뻗어 있는데, 또다시 속이 울렁거렸다. 화장실에서 눈물이 나오도록 토하는 소리를 듣고 걱정했는지 친구가 괜찮냐고 문을 두들겼다. "아니, 나 안 괜찮아." 대학교 신입생 환영회에서 선배들이 죽으라고 건네는 술의 숙취보다 심한 고통이었다.

그런데 처음으로 나를 내려놓고, 그에 대한 혹독한 대가를 치르는 건 사실 꽤나 괜찮은 일이었다. 다음 날 낮 4시쯤 엄청난 두통에 눈을 뜨고, 어젯밤 대소동을 기억하는 것도. 진지하게만 살아왔던 과거. 지금은 인생 재미있게 살자는 다짐. 새로운 숙취는 웃어넘길 수 있었다.

지독한 숙취에도 여전히 즐거운 마음으로 일하러 가니 남미에서 온 내 나이대의 친구들이 손님으로 들어왔다. 라틴의 흥이 넘치던 그들이 술집에서 나오는 음악에 춤을 추며 나에게 손짓했고, 나도 사장님 몰래 춤을 추며 그들과 친해졌다. 그런 내가 마음에 들었는지 그들이 번호를 물어봤다. 그리고 이틀 뒤, 그들이 함께 놀자고 제안한 Cambie Bar로 향했다. 테이블에 앉지 않고 술잔을 손에 진 채 돌아다니며 무작위의 사람들과 대화하는 이 술집은 모두가 새로운 친구를 사귀려고 오는 곳이다. 친구가 어떤 남자를 가리키며 지난주에 그와 잤다는 이야기를 풀고 있는데, 한 남자가 다가와 춤을 추자고 손을 내밀었다. 키가 크고 잘생긴 이 브라질 남자는, 그러나, 춤을 추다 함께 밖으로 나가자마자 계속 오늘 밤 자기 집에 가자는 말만 반복했다.

이때 중요한 사실을 깨달았다: 그동안 이 도시에서 받은 남자들의 관심이란 대부분 내가 아닌 내 몸을 향한 것이라는. 밴쿠버에 도착한 첫 한 달 동안 관청, 길거리, 버스, 카페, 술집 등 시간과 장소에 상관 없이 남자들은 내게 접근했다. 나는 밤의 유흥은 즐길 수 있어도 원나잇은 하지 않겠다고 다짐했다. 섹스만을 위한 섹스는 내 취향이 아니었다. 그러나 특히 클럽이나 술집에 가면 매번 터치나 키스의 시도들을 받았고 그래서 밤에 대한 즐거움은 환멸감과 함께 발전했다. 내가 탐스러운 '대상'이 되는 것 같은, 외면하기 힘들었던 불쾌한 사건들의 연속. 그것은 어느 날 밤, 폭탄처럼 터져 버렸다.

Library Square Pub이란 술집에서 어떤 한국인 남자가 어깨를 두드리며 말을 걸었다. "안녕, 샷 마실래?" 내가 한국인인 걸 알자 본격적인 작업을 거는 꼬불머리의 귀여운 이 남자가 나도 조금은 마음에 들었다.

'그가 나를 택시에 밀어 넣기 전까지' 말이다. 그는 자신이 담배를 피우러 갈 때 함께 나가자 했고, 술집을 나서자 앞에 있던 택시의 문을 열고 순식간에 나를 밀어 넣었다. 당황하며 저항도 못한 채, 내 옆에 탄 그가 차 문을 닫으며 주소를 말하자 택시는 그대로 출발했다. 낯선 남자의 집에 가 본 경험이 없던 나는 그가 반드시 나와 자겠다는 각오로 그의 집에 데려가고 있다는 걸 알지 못했다. 그래서 술에 취해 어리석게도 그의 집에 따라갔다. 그가 "술만 마시자"는 불가능한 약속을 지킬 것이라고 착각하며.

그의 집에 도착한 지 20분이 지났을까, 거실에서 술을 마시던 그의 두 눈이 풀리더니 나를 들쳐 업고 그의 방에 데려갔다. 있는 힘껏 저항했다. 술에 무척 취해 힘이 없었지만 수시간에 걸친 몸싸움 끝에 그를 포기시키는 데 성공하고 다음 날 내게 아무것도 하지 못한 남자를 떠나 집으로 갔다. 당당하게, 아니지, 당당한 척에 가까웠다. 마음 한구석에 찜찜한 마음이 한없이 자라났다. 자유롭게 살자고 결심했으나 내가 소위 말하는 '헤픈 여자'로 보이는 건지, 보수적이었던 사고관은 스스로를 깎아내리려 했고 내 자존감은 자꾸 휘청거렸다. '이 실험은 무척 해롭다.' 숙취를 남기는 건 술뿐만이 아니었다. 가장 지독한 숙취는 남자들, 그리고 그들이 남긴 경험들이었다.

당시 내가 일했던 술집은 밴쿠버 시내에서 술집과 클럽이 가장 많은 Granville 거리에 있었고 일이 끝난 새벽 2시는 한참 시끌벅적한 시간이 었다. 거리에 있는 수많은 사람들이 벌써 집에 가냐고 말하는 듯 나를 뚫어지게 쳐다봤다. 그들의 시선을 피하고자 땅만 보며 걸어가다가 신호등을 보려고 고개를 든 순간, 맞은편에서 건너 오는 한 남자와 눈이 마주쳐 버렸다. 분명 내게 말을 걸 것 같은 눈이다. 아니나 다를까 나를 빤히 쳐다보다 "어느 나라 출신이야?"라는 갑작스런 질문, 악수를 건네는 그의 손. 그것을 왜 나는 무시하지 못했을까. 차마 악수를 거절하지 못해서 시작된 대화는 이렇게 흘러갔다.

"금요일 밤인데 어디가? 이전에 뭐 하고 있었어?"
"일 끝나고 곧장 집에 가는 중이야."
"어디 살아? 위험한데 내가 차로 데려다줄게."
"모르는 사람 차를? 처음 만난 너를 어떻게 신뢰해."
"하하, 내 차는 검정색 밴 같은 조폭 차 아니야. 납치 안 할게. 걱정 마."

전날 싸움에 이어 이번엔 집에 데려다준다는 남자와 낯선 차를 어떻게 타냐는 실랑이가 벌어졌으나 난 여전히 낯선 것에 대한 호기심이 가득 차 위험을 걸고야마는, 예상할 수 없는 모험을 갈구하고 있었다.—아, 물론 이 글을 쓰는 지금도 여전히 그런 것 같지만—한국에서 보이지 않는 철장에 갇혔던, 안전한 온실 속 화초 같았던, 그 지긋지긋했던 '안전한 인생'을 벗어나고 싶었다. 그래서 그의 차에 타는 위험을 택했다.

"난 너에 대해 더 알고 싶어. 집에 데려다주기 전에 잠깐 Chill Out[3] 하자."

"뭐, 그래."

그러나 드라이브를 하며 대화하자는 줄 알았던 나의 판단과 달리, 그는 호텔 주차장에 차를 대기 시작했다.

"지금 뭐 하는 거야? 드라이브 하면서 얘기하자는 건 줄 알았는데."

"아무것도 안 할게. 우리 맨정신이잖아, 내 호텔에서 그냥 대화만 하자."

벌써 머릿속엔 어제의 악몽이 소용돌이쳤지만 떼를 쓰는 어린아이처럼 말릴 수 없는 호기심이 나를 그의 호텔 방으로 이끌었다. 어정쩡한 자세로 소파에 나란히 앉아 그와 대화하는데, 긴장감 때문인지 그의 영어를 이해하는 것도 영어로 말하는 것도 잘 되지 않았다. 점점 말수가 줄어들어갔다. 그러다 할 말이 없던 나머지, 정말 멍청한 질문을 던졌다.

"아까 나한테 왜 말 건 거야?"

"네가 예쁘고 귀여우니까."—그럼 새벽 2시에 술집 거리를 걸어가는데 내 영혼이 아름다워서 말을 걸었겠는가.

당시 내가 가진 인간관계란 끔찍하게 가볍거나 혹은 단순히 육체적이었다.

---

3) 특별히 무언가를 하지 않고 음악을 듣거나 가벼운 대화를 나누는 등 느긋한 시간을 갖는 것을 의미한다.

그래서 어쩌면, 조금이라도 다른 관계가 나타날지 모른다는 기대감에 남자들을 내치지 않았던 것 같다. 그러나 결론은 늘 동일했고, 똑같은 결과를 확인할 때마다 자의식은 점점 더 비참해져 갔다. 다들 나에 대해 쥐뿔도 모르면서, 내 겉모습에만 관심을 가진다는 분노에 입을 꾹 다문 채 아무 말도 하지 않았다. 그가 불쑥 말했다.

"너랑 얘기해 보고, 흥미로운 사람인지 한번 보려고 했어."

"그래? 어떤 것 같아?"

"음. 흥미롭고 동시에 지루하고."

'지루'라는 단어를 듣는 순간, 이미 비참했던 자의식은 다시 한번 상처를 입었다. 여기엔 분명 영어의 문제가 섞여 있었다. 나를 제대로 표현하지 못하는 데서 오는 갑갑한 오해는 흔하게 발생했다. 캐나다에 오기 전, 외국인들과 어울리며 문제없이 지낼 거라 상상했지만 막상 와서 부딪혀 보니 언어의 장벽은 비웃음과 함께 높은 데서 나를 내려다보고 있었다.

"내 생각엔 동양인들은 대체로 수줍음이 많아서 그런 거 같아."

"난 그다지 수줍음 없는데? 사실 어제 정말 안 좋은 일을 겪어서 오늘은 누군가와 대화할 기분이 아니야."

"무슨 일이 있었는데?"

처음 보는 그에게 어젯밤 벌어진 일들을 털어놓았지만 별다른 위로를 받지 못했고 이 도시에서 나는 역시 철저히 혼자일 뿐이라는 사실만 확인받은, 슬프고 잔인한 또다른 밤이었다.

시계를 보니 어느덧 새벽 5시가 다 되어 갔고, 그에게 이제 집에 가야 한다고 말하니 별다른 짓을 하지 않고 집까지 태워다 주었다. 다행이라 생각하며 내리려는데 그가 미소를 지으며 얼굴을 들이밀더니 덜컥 내 손을 잡고 자기 물건 쪽에 갖다 댔다. 이후 수다한 경험으로 단단해진 현재의 나로선 나약했던 그 당시의 나를 생각하면 답답하고 안타깝지만 그때의 나는 경험이 없었고, 친절했고, 무엇보다 호기심 때문에 타인에게 나라는 문을 활짝 열어 놓고 있었다. 제대로 된 방어벽도 없으면서 말이다.

홀로의 신세를 한탄하던 내게 그가 해 준 말.
"You Poor Thing."

〈실험 첫 보고서〉

'사는 대로 살기' 실험 2개월 차에 접어든 7월.

나는 정신적으로 불안정하고 연약한 상태가 되어 가고 있다. 매일 술을 마시며 취기를 갈구하고, 불안함을 가리려는 건지 외출 전, 겉모습을 치장하는 것에 기본 2시간 이상을 쓰고 있다. 밤의 유흥을 즐기든 술집에서 일을 하든 새벽 3-4시가 넘어 귀가하면 오후 1시가 돼서야 일어나고, 밥을 먹고 화장하며 혼자 술을 마시다 취기가 오를 때쯤 일하러 나가는 게 일상의 반복이다.

내 나라가 아닌 낯선 땅에서 갖게 된 불안정한 처지, 그리고 의지할 수 있는 사람이 단 하나도 없다는 사실. 그렇게 나는 빠르게 피폐해져 갔다.

어느 월요일, 잠에서 일어나니 몸은 몹시 무겁고 목이 부은 데다 머리까지 어지러웠다. 집에서 쉬어야 하는데도 일을 뺄 수가 없다는 사실이 더 아팠다. 연차는커녕 근무 시간 조정조차 어려운 서버 '을'. 그날 서버는 나 1명뿐이라 일손이 부족했는데, 하필 그날따라 손님들이 계속 몰려왔고 거의 뛰어다니며 일해야 하는 지경에 일렀다. 조급해진 마음에 연이은 실수를 했는데 설상가상 바텐더와 부딪히면서 그녀가 들고 있던 유리컵들이 깨지는 사고가 일어났다.

사실 100% 내 실수는 아니었다. 컵을 들고 돌아서는 바텐더가 빠르게 지나가는 나와 부딪히면서 컵을 떨어뜨린 것이었다. 그런데 그녀는 1초의 망설임 없이 곧바로 내 탓을 했다. 손님들은 다 놀란 눈으로 쳐다보고, 바닥은 깨진 유리컵과 안에 들어 있던 물로 엉망이 됐는데 내 감정도 딱 그와 같은 꼴이었다. 깨져 버린 유리컵을 어떻게 다시 손대야 할지 막막하고. 손을 대면 분명 피가 날 것 같은 그런 마음.

속으로 울분이 터졌지만 티 내지 않고 깨진 유리컵을 정리한 뒤 실수한 테이블에 가서 사과하고, 그 와중에 주문을 받지 못해 기다리던 손님들에게 또다시 사과하며 "I'm so sorry."를 연발하는데, 갑자기 내가 왜 이러고 있어야 하는지 이해되지 않았다. 그동안 쌓여 온 서러움이 폭발하기 시작했다. '안 돼, 울지 말자. 지금 주저앉아 버리면 다시는 못 일어나.'

마음을 추스를 겨를도 없이, 머릿속엔 그동안 힘들었던 경험들이 한꺼번에 몰려와 오버랩되기 시작했고 그러자 왜 이런 취약한 처지를 감당하며 굳이 살아 보려 애쓰는 건지, 전부 다 무의미하다고 느껴졌다. 다음 달에 한국에 돌아갈까, 일 그냥 때려치울까, 바텐더 저 bitch년, 속으로 그렇게 무수한 욕을 하면서도 손님들에겐 환하게 웃으며 쩔쩔매다 보니 드디어 마감 시간이 되었다. 새벽 3시.

부서질 듯한 허리와 다리의 통증을 애써 감추며 테이블 정리를 하고 있는데, 사장님이 술을 건넸고 그렇게 사장님과 함께, 바텐더까지 합류한 우리 셋은 닫힌 가게 안에서 술을 마시기 시작했다.

"허니, 괜찮아. 우린 다 감당할 수 있어. 다음엔 패닉 상태만 안 되면 돼."

바텐더가 다정하게 말하고 술기운도 들어갔겠다 마음이 다시 녹고 그렇게 실컷 술을 마시다 해맑게 집에 돌아왔다. 참 단순하게도. 술은 모든 일을 단순하게 만들었고 그래서 나는 매일 술을 마셨던 거다. 단순해지고 싶어서.

다음 날, 일찍 근무를 마치고 집으로 돌아온 뒤 막 쉬려고 자리에 앉은 찰나, 알고 지내던 한국인 오빠에게 전화가 왔다.

"괜찮으면 내가 사는 호텔에서 술 마실래?"

그는 하이킹을 통해 알게 된 후로 계속 연락을 주고받으며 서로에게 호감을 보이던 사이였고, 이날의 의도를 몰랐던 나는 멍청하고 어리석은 설렘으로 술을 잔뜩 들고 그가 사는 호텔로 갔다. 낯선 외국인들에게 말할 수 없는 어려움. 서러움. 근래 겪은 그런 사건들. 이해할 수 있을 거라 생각한 유일한 한국인 남자. 그래서 조금이라도 위로를 받을 거라 기대하며 그에게 힘든 일들을 털어놓았다.

한참 술을 마시며 얘기하는데 괜찮으면 9월에 둘이서 멕시코 칸쿤으로 여행 가지 않겠냐고 그가 물었다. 단둘이서 여행을 가자고 그가 묻는다. 호감의 간접적인 표현이라 생각했다. 마음이 갔던 그와 얘기하며 갖고 있던 모든 맥주를 비우고 와인을 비우고. 정말로 취해 버렸다.

그가 물었다. "자고 갈래?"

그와 아직은 잘 생각이 없었지만 술기운에 어지러웠고 그만 뻗어 버렸다. 아무 생각이 들지 않았다. 눈을 뜰 수 없었다. 옆에 누워 있던 그가 말했다.

"나 콘돔 있는데."—그후, 그 역시 뻗어 버렸다.

다음 날 이 사건을 생각하며 이 사람마저 역시 육체적일 뿐이었고, 또한 믿을 사람은 아무도 없다는 결론을 내려 버리자, 괴로움을 이길 만한 힘은 거의 바닥이 나 버렸다. 하지만 삶의 난고란 나를 정녕 절벽 끝까지 밀어내려 했는지 여기서 멈추지 않았다.

이틀이 지나고, 또다시 취기가 오른 채 일하러 갔는데 술기운 때문인지 큰 실수를 저지르고 말았다. 손님에게 받은 주문을 주방에 보내는 과정에서 잘못된 주문을 넣어 버렸고 이를 고치기 위해 이전에 알게 된 매니저 코드를 사용하다 그만 들켜 버린 것이다. 매니저와 서버들의 얼굴은 굳고 거듭 사과를 해도 해결되지 않자 나는 어찌해야 할지 몰랐다.

숨어 버리고 싶은 마음에 곧바로 쉬는 시간을 신청한 뒤 저녁을 먹고 있는데 매니저가 와서 말했다.

"사장님이 쉬는 시간 끝나면 집에 가래."—나 지금 잘린 건가? 나 역시, 내 자신이 무지 잘못되고 있다는 걸 알고 있었다.

나를 해고하는 건지 물어보자 매니저는 모른다며 사라지고, 혼자 쓰디쓴 저녁 식사를 하며 나는 기억해야 했다. 모든 일의 원인을. 많은 선택지 중 굳이 술집에서 일하려 했던 이유는 보수적인 '선생님'의 삶과 정반대인, 자유롭고 무모한 세계를 원했기 때문이었다. 그러나 무모하다 다쳤고, 그래서 아팠다. 아픈 걸 잊기 위해 술을 마셨고 상황은 더 나빠졌다. 휴식 시간이 끝나고 곧바로 사장님을 찾아갔다.

"지금 저 해고하시는 거예요?"
"아니 아직. 오늘 서버가 너무 많아. 너는 일 그만하고 파티하러 가. 너 파티 걸이잖아."
사장님은 순진하게 웃는 얼굴과 함께 두 손을 들고 내 앞에서 춤을 추는데 나의 굳은 얼굴은 풀리지 않았다. 락커에서 가방을 꺼내고 술집을 나서자마자 친구에게 전화를 걸어 클럽에 가자고 했다.
'그래, 망할 파티나 하자. 맥주를 들이키다 클럽으로 달려가 새벽 3시가 되도록 춤을 추고 집에 가는 망할 파티나 하자고, 망할.'

한 번의 큰 실수. 그로 인해 앞으로 내가 여기서 일을 계속 할 수 있을지, 어떤 결과를 맞게 될지 아무것도 모르겠는, 내 현재도 미래도 깜깜하고 막연해진 망할 밴쿠버. 그래서 나는 밴쿠버가 죽도록 좋았고, 죽도록 미웠다.

이틀이 지나고, 여전히 변하지 않은 삶의 숙취로 힘겹게 일어났으나 출근 전 친구의 생일 파티에 들르기로 했다. 파티엔 미성년자와 다름없는 어린 일본인 유학생들이 많았는데 그들은 대낮부터 심하게 취해 가기 시작했다. 테이블을 무너뜨리고, 바닥에 기어다니고, 잔디밭에서 구르는 등 심각한 주사들을 한심하게 바라보고 있던 찰나, 같이 출근하기로 한 직장 동료가 사장님에게 전화해 아프다고 거짓말을 하기 시작했다. 그는 일을 빠지고 파티에 남겠다고 했다.

"나는 캐나다에 일하러 온 게 아니라 즐기러 온 거거든."

그의 말을 듣는 그 순간 깨달았다. 저들의 모습이 바로 내 모습이라는 것을.

무대포로 살아 보자는 무모한 다짐은 2달도 채 지나지 않아 흔들리고, 안간힘으로 버티고 있는 혼란스러운 한 인간, 이젠 '즐기는' 게 뭔지조차 알 수가 없었다.

'그래서 뭘 즐기는데? 어떻게 즐기는데? 그가 즐기고 있는 같은 장소, 같은 시각, 같은 현장을 나는 왜 즐기지 못하는데?'

결국 파티에 남은 동료를 뒤로한 채 홀로 출근하던 그 길, 나는 캐나다에 계속 있어야 할지 심각히 고민했다.

그러나 술집에 도착하니 마주한 건 바뀌어 있는 서버들의 스케줄표. 내 스케줄은 분명 월, 화, 목, 금, 일요일인데 월, 화, 목요일에 있어야 할 내 이름이 없어졌다. 그니까 사전에 말도 없이 주 5일 근무를 주 2일 근무로 줄인 것이다. 그렇게 줄여진 내 스케줄표를 보는 순간 결정했다.

그만두자. 로컬 술집이고 뭐고 지랄이고.

약간의 이성을 잃고 찾아간 사장님은 손님들과 해맑게 떠들고 있었다.

"얘기 좀 할 수 있을까요?"

사장님은 안 좋은 피드백을 남긴 손님들이 있었고 내가 너무 많은 실수를 한다고 말했다. 내가? 언제? 누가? 이건 분명 거짓말이다.

"구체적으로 손님들이 저에 대해 무슨 피드백을 남겼는데요?"

일하는 내내 허리가 부러질 것 같아도 근무가 끝난 후까지 열심을 다하고 늘 손님들에게 웃는 얼굴로 대하려 하다 입에 경련이 일어나고 그래서 매일 친절하다는 칭찬을 들으며 일했던 내가 별로 노력하지 않고, 배우려 하지 않는다고 평가되었다. 불공평하다고 느꼈다. 과연 내가 백인이고 캐나다인이었다면 이렇게 대응했을까, 궁금했다. 나는 술집에서 유일한 동양인 서버였다.

"그때 제가 잘못했던 건 죄송해요. 그치만 그 실수는 제가 잘못 넣은 주문을 고치려다 발생한 거잖아요. 일을 더 잘하려다 생긴 일이잖아요. 전 여기서 일하는 매일매일 정말 말 그대로 할 수 있는 최선을 다했어요."

사장님은 내 말을 들으며 계속 미소만 지었다.

"지난주 금요일에 너를 해고할 수 있었지만 여전히 기회를 주고 싶었어. 네가 선택해. 그만두고 싶으면, 그만둬. 그치만 나는 너가 먼저 2일만 근무하면서 일을 더 배우고 더 능숙해지면 그때 근무 시간을 더 주는 걸로 했음 좋겠어."

이 미친 실험으로 내 가치가 깎여 나가고 있었다. 내게 잘못된 무언가를 고치고 다시 시작하고 싶었다.

"그럼, 저 그만둘게요."

술을 좋아하니까 한 잔 마시고 가라는 사장님의 등살에 떠밀려 샹그리아 두 잔을 원샷으로 비우고 손을 털며 그곳을 떠났다. 더 이상 낮에 일어나 밤에 일하는 비정상적인 루틴도 다리가 퉁퉁 붓고 허리는 부서질 것 같은 고통도 없겠지. 그러나 그땐 몰랐다. 로컬 잡을 구하는 게 이렇게 힘든 일일 줄은.

그로부터 한 달이 넘는 시간 동안 매일 구인 사이트를 뒤져 가며 수십 군데에 이력서를 보냈는데도 로컬 레스토랑의 경우, 인터뷰에 초대받는 것조차 쉽지 않았다.

인터뷰를 보더라도 일 년도 남지 않은 워홀 비자와 단 한 달의 단기 경력으로는 비자가 넉넉하거나 경력이 많은 다른 지원자들을 이긴다는 건 거의 불가능했다. 그들에게 나는 잠깐 있다 떠날, 경력도 없는, 그냥 모르는 외국인이었다. 한국으로 치면 식당 직원을 뽑는 거라지만 밴쿠버 로컬 레스토랑 취업 세계란, 유창한 영어를 구사할 수 없는 짧은 비자 소지자들은 인터뷰조차 잘하지 않는 게 현실이다.

그러나 이번엔 더 큰 난제가 닥쳤다. 첫날부터 매일 계속되는 룸메이트들의 소음에 시달리다—매일 귀마개를 끼고 살았다—결국 계약 기간을 파기하고 나가기로 했는데, 문제는 전출일까지 단 며칠이 남은 시점

29

에서도 이사 갈 집이 없었다. 한국에는 도와줄 가족과 친구들이 있다. 그러나 이곳엔 아무도 없었다. 유입되는 새 인구에 비해 한정적인 주택 규모로 하필 내가 도착한 2022년 여름부터 일어난 '렌트 전쟁'. 집이 아닌 방 하나의 렌트비가 1300불, 한화로 약 130만 원인 밴쿠버는 캐나다에서 가장 노숙자가 많은 도시다.

나도 이러다 그들과 같이 거리에 나앉을 것 같았다. 집은커녕 방 하나도 구하기 힘든 '밴쿠버에서 살아남기'. 그렇게 하루하루 걱정과 고민에 시달리던 7월의 마지막 일주일. 앞으로 어디서 살게 될지, 다시 일을 구할 수는 있을지, 모든 것이 불분명한 상황 속에서 이곳에서 시작하는 새로운 삶의 시도를 후회하지 않도록, 그래도 나는 계속 나아가야 했다. 끝을 보기 위해서.

무지와 낭비로 잃은 많은 돈, 남자들로 인한 찜찜한 경험들, 망가진 건강, 빈약한 인간관계, 홈리스와 잡리스의 총체적 난국. 이 모든 게 내 숨을 턱 막히게 했지만 이 수많은 문제들을 헤엄쳐 다니며 내 인생이 분명히 성장하고 변화되고 있다고 믿어야 했다.

실험은 계속되어야 한다. 나는 아직 내 마음을 알 수 없으니까. 그러니 결코 무너지지 말고. 알 수 없는 목적지, 그 끝까지 계속 가 보자고, 나는 내 자신을 매일 일으켜야 했다.

Ch. 2
Mind-Opening

어느덧 8월이 되고, 캐나다에서 두 달을 보냈다. 전출하는 날을 코 앞에 둔 불과 며칠 전, 극적으로 괜찮은 방을 찾았고 불행을 뒤집는 행운으로 계약을 대기하는 많은 경쟁자들을 제치고 그 집에 들어갈 수 있었다. 어떻게든 렌트 전쟁에서 살아남긴 했으니, 실험을 계속 하라는 하늘의 뜻으로 제멋대로 해석했다. 극적으로 해결된 집 문제처럼, 다른 문제들 역시 결국 하나둘 다 풀려 나갈 거라는.

어느 비 오는 수요일, 캐나다에 온 지 얼마 되지 않은 두 친구들을 데리고 다시 Cambie Bar에 갔다. 친구들은 영어를 거의 못해서 다른 사람들과 대화를 섞을 수 없었고 10시가 지나자 집에 가겠다며 밖으로 나갔다. 아쉬운 마음으로 담배를 피우는 친구들 옆에서 우산을 들고 서 있는데 술집 안에 있던 사람들도 마침 담배를 피우러 나왔고, 그중 덴마크에서 온 마티아스가 내 우산 안으로 들어왔다. 그렇게 그들과 인사하면서 나의 첫 담배가 시작될 줄이야.

"너도 피울래?"
"좋아. 거절할 이유가? 이거 내 첫 담배야."

"너 태도 정말 맘에 들어."
식의 대화가 오고 가고.

그들은 내게 어디서 왔는지, 뭐 하며 살고 있는지 등 여러 가지를 물어보며 친절하게 다가왔다. 그렇게 그들과 담배를 피우며 대화를 나누고 한참 깔깔대는데 한편으론 뒤에 빠져 있는 친구들이 신경 쓰였다. 그들은 우리에게 술집에 들어가서 같이 놀자고 제안했지만 친구들은 영어를 못한다는 문제로 집에 가 버렸고, 나는 홀로 이들과 합류한 뒤 술집에 남아 있는 소수의 사람들과 10명의 무리를 만들어 다 함께 놀기 시작했다.

그렇게 비 오는 수요일, 낯선 사람들과 술을 마시며 난데없는 인연을 맺었다. 테킬라, 마가리타, 맥주 등 잔이 빌 틈 없이 술이 채워지고, 다 함께 카드 게임을 하며 놀다 보니 시간마저 잊어버렸다. 이제 문을 닫아야 한다는 술집 직원들의 말에 시계를 보자, 벌써 새벽 1시였다. 모두 집에 가기 아쉬워하는데, 내 우산 안에 들어왔던 마티아스가 이스트 헤이스팅스에 있는 술집에 가자고 했다.

이스트 헤이스팅스는 마약에 찌든 노숙자들이 거리에 살고, 범죄가 자주 발생하는 곳으로 캐나다에서 가장 위험한 거리다. 나는 모두가 가지 말라는 그곳을 무서워하기는커녕, 벌써 새로운 모험에 신이 나 적극적인 찬성 의사를 알렸다.

서로 지켜 줘야 한다며 다 함께 끌어안고 들어간 술집은 해골, 유령 등 음산한 인테리어를 돋보이고 그곳의 바텐더는 캐리비안의 해적에 나오는 잭 스패로우가 연상되는 땋은 머리와 수염, 그 위에 두건을 얹은, 게다가 아이라인까지 까맣게 칠해서 왠지 기이한 분위기를 풍기는 남자였다. 나를 제외하고 유일했던 두 명의 여자는 괴상한 그래피티로 뒤덮인 화장실에서 한참 토를 한 뒤, 스테이지에 올라가 노래를 불렀다. 무섭지만 코믹했던 이 술집에서 모든 사람들이 번갈아 가며 술에 취한 노래를 부르고, 다 함께 친구가 되고 있었다. 누군가에겐 악명 높은 마약 거리에, 친구도 곁에 없는, 두려울 법한 이 밤이 밴쿠버에서 처음으로 '사람들'을 느꼈던 밤이었다.

그러나 시간이 지나자, 나와 많은 대화를 나눴던 '조'라는 남자가 조금씩 내 몸을 터치하기 시작했다. 나는 아무런 감정 없이 '사람'으로 다가갈 뿐이었으나, 이곳의 남자들은 '여자'로만 볼뿐더러 함부로 만지는 경우가 많았다. (이후엔 동양인 여자를 보다 쉽게 대한다는 추측 아닌 통계적 사실을 발견했다.) 그에 대한 분노를 애써 숨기고 나가려 하자, 이번엔 한술 더 떠 자기 집에 가자는 그를 뒤돌아보며, 한동안 내가 문제인지, 그들이 문제인지 해서는 안 될 괴로운 생각에 빠지기까지 했다.

캐나다에서 가진 가장 큰 문제는 '인간관계'였다. 남자들만 엮여 있는 육체적인 관계들, 혹은 친구라 부르는 사람들은 단지 달리 부를 말이 없어 친구라 부르는 가볍고 얄팍한 관계들이었다. 고로 아직 나는 밴쿠버에 아무도 없었다. 친구도 가족도 연인도 어느 누구도. 한국에 있는 가족에게는 어떤 말도 털어놓지 못했다. 짧은 인생이지만 한번도 힘들다는 말을 할 줄 모르며 자랐고, 평생 의젓하게 자란 내가 '힘들어'를 내뱉는 순간, 부모님은 노파심에 당장 귀국행 티켓을 끊을 것이 분명했다.

그렇담 지금껏 겪었던 (개)고생은 결과 없는 망한 실험, 혹은 몇천만 원을 낭비한 20대 중반의 반항 어린 경험담만 될 것이다. 무엇보다 타인의 시선과 요구를 완전히 벗어난 환경에서 순수히 내가 원하는 삶을 다시 찾고자 시작했던 이 여정을 중단해 버리면 이후엔 찾을 용기조차 내지 못할 것 같았다. 미친 사람처럼 그동안의 나를 탈피하고 살아 볼 기회도 두 번 다시 없을 것이다. 오히려 안락함 삶에 평생 주저앉고 살 것이다. 이제 고생은 지긋지긋하다면서.

어느 날 밤, 우연히 알게 된 멕시코 남자가 술자리에 불렀다. 남미 출신의 사람들은 유독 애주가, 애연가가 많은데 그 역시도 그랬다. 독한 술과 독한 담배. 우리는 다음 날 해가 뜰 때까지 얘기했다. 누군가에게 나처럼 혼자인 듯한 분위기를 느낀 건 처음이었고 동시에 나와 같이 낯선 이에게 자신을 가리거나 숨기지 않는 말과 행동방식 역시 처음이었다.

그래서 나도 그도 침을 튀겨 가며 '있잖아, 나는 말이야.'가 연이어 갔던 것이다. 그의 이야기는 유년 시절 금발에 파란 눈을 가진 백인이란 이유로 학교에서 왕따를 당하고, 그러다 마약에 의존하게 되면서 학교에 가지 못한 채 4년이 넘도록 재활원에서 생활했다는 그런 놀라운 이야기였다. 반면 나는 한국에서 문제없는 삶을 살았지만 사실은 바로 그게 문제였다는, 그러니까 겉은 늘 모범이었던 가짜 같은 삶 속에서 메가데스, 너바나, 마릴린 맨슨의 음악을 안식처로 삼으며 내면의 반항을 억눌렀으나 25번째 생일날, 폭발하듯 하염없이 혼자 울다 남몰래 캐나다행을 준비하고, 지금 이곳에서 방황 중이라는 그런 이야기. 우리는 너무 다른 서로의 이야기를 쉬지 않고 공유했다.

그러나 정말로 신기했던 건 우연이라는 말밖에는 설명할 수 없는 계기로 만난 정반대의 두 사람이 전혀 다르지만 본질적으로 같은 어떤 하나의 접점을 찾은 것이다. 세상에 모든 인간이 다 다르지만, 동시에 다 같다는 진득한 사실을. 그래서 그날 아침 왠지 모를 용기와 위안을 얻고, 한 회사에 면접을 보러 갔다.

면접을 끝내고 돌아오는 길, 신호등이 빨간불로 바뀌는 것을 확인하지 못한 채 휴대폰을 보다가 하마터면 건널 뻔한 순간이었다.
"안 돼, 건너지 마." 크리스라는 이름의 낯선 할아버지가 내게 주의를 주면서 갑작스러운 대화가 시작되었다. 한국에서 왔다고 하니 가깝게 지냈지만 한국에 돌아간 친구가 생각난다며 스타벅스에서 아포가토를 먹지 않겠냐고 제안했다. 그렇게 우연찮게 만난 할아버지와 아포가토를 먹으며 그의 얘기에 빨려 들어갔다.

"제니도 너처럼 키가 크고 참 아름다웠는데 정말 똑똑한 여자였어. 많은 남자들이 그녀에게 들이대도 거들떠도 안 봤어. 남자들이 원하는 걸 주는 게 아니라 그녀가 원하는 걸 주는 남자를 만날 거라고 얘기하고 다녔지. 그나저나 방금 보고 온 면접은 어땠어?”

“사실 별로 마음에 안 들었어요. 요즘 매일 면접을 보는데, 구인하는 곳 중에 지원할 만한 데가 많이 없고, 맘에 들면 저를 안 뽑아요.”

“마음에 안 드는 곳에서 일하지 말고, 너가 원하는 곳에서 일할 수 있을 때까지 멈추지 마. 다들 정말 이상하다니까! 인생은 한 번뿐인데 하고 싶지 않은 일을 억지로 하며 수십 년 고통받다 늙어 버려. 살고 싶은 대로 살아야 돼. 게다가 너는 여기 있는 시간도 한정적이니까 반드시 원하는 것만 해야 돼.”—그는 말하는 중간마다 ‘Ah, You should know, life is beautiful.’이라는 말을 반복했다.

나는 그와 헤어진 후, 폭풍같이 지나가는 여름날, 폭풍에 맞서기보다 이제 이 폭풍으로 내 삶을 바꿔 보겠다고 독기 어린 다짐을 했다. 그동안 온갖 최악의 일들을 한 번에 다 겪었으니 건강의 문제를 제외하곤 더 이상 잃을 것도 없었고 이보다 나빠질 것도 없었다.

삶을 더 이상 무겁지 않게 대하지 않겠다. 있는 그대로, 내게 오는 모든 희로애락을 전부 다 즐겨 버리겠다는 가벼운 마음으로. 그때서야 비로소, 이곳 밴쿠버에서 맞는 새로운 인생이 마음에 들기 시작했다. 8월 뜨거운 한여름, 파란만장한 사건들이 이어지기 시작했고 그 드라마 속에서 내 인생은 다시 정립되고 있었다.

고난이도의 하이킹으로 유명한 그라우스산에 갔다. 3분의 1 지점을 지나자 땀이 뻘뻘 나서 속옷까지 완벽히 다 젖었고 그라우스산을 매주 등산하는 친구, 그레이의 속도를 따라가다 무릎은 파열되고 다리 근육은 찢어질 것 같았다. 반면 그는 숨을 헐떡이지 않을 만큼 단련되어서 거침없이 올라가는데, 그때 뭐랄까, 정신 실험대에 놓인 듯한 기분이 들었다. 포기하고 편하게 갈지, 통증을 겪는 대신 근육이든 폐활량이든 차원을 높인 단단함을 얻어 낼지. 산은 내게 어떤 삶을 선택할지 결정하라고 말하는 듯했다.

그라우스산은 같이 갔던 다른 친구들 중 한 명이 헬리콥터를 불러 달라며 주저앉을 만큼 거칠고 험했다. 그러나 나는 그레이를 따라서 평균 2시간 30분이 소요되는 등산로를 1시간 만에 올라 버렸다. 뒤쳐지는 친구들을 기다려 준 시간을 빼면 1시간도 걸리지 않았으니 등산이 아니라 정복이었다. 폐가 뚫리는 고통을 참으며 끝나지 않을 것 같은 계단을 기어가듯 이겨 내고 마침내 그 끝을 봤을 때 어려움과 서러움, 불안감, 혼란감 속에서 기어서라도 멈추지 않고 나아갔던 내 여정이 오버랩되었다. 내게 따뜻한 위로를 해 줄 사람은 아무도 없었고, 가족에게 말하면 한국으로 돌아가야 했기에 나는 정말 나 하나밖에 없었다. 이제 나를 믿어 주기로 했다. 뭐든 할 수 있다는 것도, 이 미친 실험을 하고 있는 것도. 내가 내린 선택이 옳다는 걸 잊지 말고서.

땀 샤워에 흠뻑 젖어 만신창이가 된 채 올라왔던 산을 케이블 카를 타고 5분도 채 걸리지 않아 하산하는 건 이런 기분이었다.
"야, 인생이란 올라가긴 졸라 어렵고 내려가는 건 졸라 쉬운 한순간

이야."

　자칫 내 인생이 추락하지 않도록 정신 바짝 차리고 계속 올라가야 한
다. 밴쿠버는 인생이 하락하기 너무 좋은 도시다. 하이킹이 끝나고 인생
이 소주보다 쓰다며 친구들과 진탕 술을 마셨다. 그날 우리가 대체 몇
곳의 술집을 갔는지 기억나지 않을 만큼.

　랍슨 거리에서 그랜빌 거리까지 여러 술집들을 옮겨 다니고 이제 나
는 거의 정신을 잃기 일보직전이었다. 새벽 4시쯤 되었을까, 집에 가려
고 술집을 나서는데 거리에 있던 한 남자가 다가와 악수를 청하며 말을
걸었다. 큰 골격만 보일 뿐, 얼굴이 제대로 인지되지 않을 만큼 나는 취
해 있었고 잠깐의 대화 끝에 그에게 번호를 준 뒤 헤어졌다. 횡단보도를
건너가니 그에게 곧바로 문자가 왔다.

　"잊지 마. 나는 타이슨이야."

　누가 알았을까, 그가 나의 첫 번째 캐나다 남자 친구가 될 줄을.

　그는 다음 날부터 며칠간 매일 문자를 보냈다. 그의 얼굴도 기억나지
않은 데다 남자를 만날 생각이 없었지만 누군가를 만나야 무슨 일이라
도 생길 테고, 영어를 연습하겠다는 그런 단순한 이유들로 그를 한번 만
나 보기로 했다. 그는 밴쿠버 로컬 사람들만 알 법한 웨스트 밴쿠버의
바다 사진을 보여 주었고 나는 이 실험 기간 동안 최대한 많은 것을 보
고, 많은 것을 겪고자 했기에 단지 낯선 장소도 둘러보고, 아름다운 바
다를 보고, 이 사람을 통해 새로운 경험을 얻어 보자는 게 정말로 그날
그를 만나는 이유의 전부였다.

그렇게 가벼운 마음으로 그의 차에 탔다. 그러나 그와의 첫 대화는 놀라울 만큼 빠른 속도로 진지하게 흘러갔다. 지극히 단순했던 내 의도와 달리, 그는 결혼을 전제로 진지하게 만날 연애 상대를 원했고 파티, 원나잇 등 서양 문화와 동떨어진 아시아 여자가 이상형이라고 했다. 그리고 내가 '결혼할 만한 분위기'란다. 나는 겉으로는 그에게 동의를 표현했으나 사실은 한껏 크게 비웃고 싶었다.

'이봐, 아시아의 문화도 별반 다르지 않아. 그냥 이 세상이 가벼운 세상이라고, 하하하.'

쉬운 여자는 그만큼 쉽게 대하고, Good Girl[4]은 그만큼 존중하며 대한다던 그는 내가 Good Girl인 것 같으니 내 몸 어디에도 터치하지 않겠다고 약속했다. 남자들은 대체로 내가 벗기를 바랐고 그는 내가 입기를 바란다는 사실에서 기대 없던 이 만남이 흥미로워지기 시작했다.

그는 꾸밈 없는 내 모습에 신뢰가 갔는지 첫만남부터 남다른 인생사를 털어놓았다. 중동 어딘가에서 전쟁 속에 태어나 5살 때 사막 한복판의 난민 캠프로 옮겨진 뒤 가족과 함께 캐나다로 이민을 왔지만 지독한 가난에 시달려 어릴 땐 나쁜 남자로 자라났다고. 결국 고등학교도 중퇴하고 이후 갱단에 들어가 갱스터 두목을 지키는 보디가드 일을 했으며 여러 일을 옮겨 다니다 현재는 자기 사업으로 밀리어네어가 된 이야기. 나와 정확하게 대칭되는 삶이었다.

---

4) 직역하면 좋은 여자이지만, 성적으로 보수적이고 바른 생활을 추구하는 여자라는 의미가 담겨 있다.

그와 반대로 나는 모범 생활이라는 안전망에 갇혀 있다 도망 왔으니, 평범하지 않은 인생사를 듣고 그에게 흥미가 생겼다. 현재는 '나쁜 생활'을 접고 계속 발전하려 애쓰며 열심히 살고 있다는 것도. 바닥 세계에서 터득한 그만의 지혜도. 또한 이렇게 다짜고짜 들이대면서 무슨 마음이든 다 표현해 버리는 솔직함도. 무엇보다 처음으로 나의 겉모습 너머를 보려고 하는 그의 진지함도. 그는 모든 면에서 달랐다.

며칠 뒤, 새벽 늦은 시간까지 친구들과 파티에 있다는 걸 알자 그는 집에 데려다주고 싶다고 제안했다. 그러나 막상 나를 집에 보내긴 아쉬웠는지 별을 보러 가지 않겠냐고 물었고 나는 그와 함께 있기 위해서가 아닌 나만의 다른 목적을 위해 커피와 디저트를 사 들고 갑자기 산으로 향했다.

목적은 이러하다: 이곳의 모든 경험은 나를 변화시키는 여정이 되어야 했고, 특히 어떤 것에 갇힌 듯한 삶을 벗어나고 싶었기 때문에 계획에 없던, 새벽 3시가 넘은 늦은 시간에 그와 함께 별을 보러 산으로 향한 것이다. 깜깜한 밤하늘 속에 서울에선 볼 수 없던, 난생 처음 보는 수많은 별들. 그리고 도시의 불빛, 그런 아름다움을 조용히 감상하고 있는데, 그가 한참 뜸을 들이다 말했다.
"이걸 말하기 너무 이른 건 아는데…"

차량의 불빛도 꺼졌겠다 산 언덕에 둘만 있겠다 그가 너무 오랫동안 뜸을 들이자 설마 벌써 사귀자는 고백을 하는 건가 싶어 심장이 덜컹거렸다. (설레서가 아니라 겁나서다.)

"Adderall이라고 뇌를 집중시켜 주는 약이 있는데… 'School Drug'라고 불러. 내가 지금 하는 일이 그걸 파는 일이야. 그렇게 나쁜 약은 아니야."

그러니까, 이 남자 'Drug Dealer'[5]였다. 대답을 하기 전 그 짧은 시간, 머리가 멍해졌다. 그러나 이내 내가 언제 어디서 마약 딜러와 데이트를 해 보겠냐며, 이 특별한 경험이 어떻게 흘러갈지 한번 보겠다고 결정했다.

이후, 내가 그의 직업을 안 후에도 도망가지 않자 그는 매일 문자를 보내며 더 큰 관심을 표현했고 만날 때마다 신체적인 터치를 하지 않고 항상 존중하는 모습을 보였다. 그동안 접근했던 남자들에게 나는 그냥 육체적 욕망의 대상일 뿐이었고 그는 그 이상을 기대하는 유일한 남자였지만, 나는 남자를 사귀겠다는 마음이 딱히 없었고, 단지 자유롭게 유랑하며 이곳의 모든 것을 경험하고 싶었다.

떠들썩한 토요일 밤, 나는 타이슨이 보낸―거래 수요가 가장 많은 주말은 일하느라 바쁘다는―문자를 읽으며 술을 마셨다. 친구의 생일 파티에 가기 위해 집에서 홀로 끝낸 맥주 6캔은 재미없던 전날 밤을 상쇄하고 8월의 마지막을 장식하기 위해서였다. 1차 파티가 끝나고, 2차 파티가 끝나고, 새벽 2시가 되었으나 항상 예상되는 파티의 전개는 그냥 '파티'일 뿐이었다. 집으로 가는 길, Cambie Bar가 보이자 친구와 순식간에 눈빛을 교환하고 망설임 없이 들어갔다. 어떤 운명적인 사건을 갈망하며. 왠지 오늘 여기서 무언가 재미있는 일이 생길 거라는 느낌, 예

---

5) 마약 밀매자

감은 항상 옳았다. 한참 놀던 중 마감 시간이 되자 나가라는 신호로 헤비메탈 음악이 나오고, 나는 헤드뱅잉을 하며 앉을 곳을 향해 갔다.

그 자리에 앉아 있던, 조금 어려 보이는 남자가 나를 가만히 쳐다보다 말했다.

"너 운동해?" (나는 스포츠 브라를 입고 있었다)

자신을 외계인이라고 소개하던 케이는 4살때 이민을 온 후로 줄곧 밴쿠버에서 살아온 대학생이었다. 그의 옆에 앉아 대화를 나누다 얼마 지나지 않아 내게 키스를 해도 되냐고 묻는 그에게 다소 과격히 말했다.

"난 처음 본 사람하고 키스 안 해. 왜냐면 나는 존나 소중하거든."

"존중해."

나는 술에 취해선지 그가 물어보지도 않은 말들을 쏟아붓기 시작했다.

"여기 남자들은 존나 멍청하고 지루해, 마치 어린 애들처럼."

"나도 동의해."

술에 취해 나도 모르게 흘러나온 그런 헛소리를 들어주더니 그는 포옹을 부탁했고 연락처를 교환한 뒤 그와 헤어졌다. 순간 스쳐 지나간 그가 내게 어떤 인연으로 남게 될지 그때는 전혀 몰랐다. 그러므로 밴쿠버는 흥미로웠다.

새벽 2시가 넘은 시각, 친구는 Bouncer[6]와 데이트를 한다며 떠나 버

---

6) 술집 앞에서 문을 지키며 안전요원 같은 역할을 하는 직업이다.

리고, 나도 집에 가기 위해 밖으로 나갔다. 그때부터 술집 안에서 나를 지켜봤던 4명의 남자들이 나를 따라나서며 번호를 물어보기 시작했다. 뒤에서 지켜보던 케이는 어디로 가냐며 메시지를 보내고, 남자들 중 한 명은 집에 데려다주겠다며 따라오는 난장판 속에 나는 마치 늑대들에게 포위된 양 같다고 느껴졌으나 사실 아무것도 두렵지 않았고, 나를 해칠 수 있는 사람도 없었다. 나를 데려다주는 건지, 아니면 따라오는 건지 모르겠는 한 남자는 집 앞에 이르자 다짜고짜 "섹스하자"고 말했다. (말 그대로 말이다.)

"너랑 섹스하고 싶어서 데려다주는 거야. 얼마 전에 여자 친구랑 헤어져서 데이트할 의도는 전혀 없어."

나는 박장대소로 웃으며 대답했다.

"나는 너한테 두 가지 의도 모두, 영원히 없어."

나는 더 이상 순진한 양이 아니었다.

다음 날 아침, 일어나 보니 얼굴 전체가 마치 무언가에 감염된 것처럼 새빨갛게 부어올라 있었다. 게다가 피부 껍질이 퉁퉁 부풀어 눈도 제대로 떠지지 않았다. 혹시 무슨 병에라도 걸린 걸까, 겁이 났다.

해외에서 외국인으로서 산다는 건, 그 자체만으로도 '존재의 불안'을 떠안게 된다. 엎친 데 덮친 격으로, 나는 MSP[7]가 없었기 때문에 병원이나 응급실에 가는 것은 불가능에 가까웠다. MSP를 신청하려면 고용된 상태임을 증명해야 하는데, 일할 당시 신청한 서류는 일처리가 늦은 탓

---

7)   BC주가 보장해 주는 의료 보험.

에 이미 그만둔 뒤에야 처리되었고 그러므로 다시 일자리를 구할 때까지 BC주의 필수 보험을 이용하지 못하는, 그래서 나는 완전히 '여행자'나 다름 없는 신세였다.

얼굴은 빨갛게 부어 오르는데 원인을 알 수도, 치료를 할 수도 없이 방에 처박힌 이날, 혹시나 이 상태가 영원히 지속되면 어떡하나, 머릿속엔 최악의 시나리오들이 떠오르고 두려움이 엄습했다. 만나기로 약속한 타이슨에게 아프다고 변명하니 전화가 왔고 이젠 구차하게 쉰 목소리까지 내야 했다.

2022년 6월 6일, 캐나다에 도착한 날부터 매일 질주하듯 살았던 한여름의 밤, 그에 대한 선고는 눈을 뜨는 것조차 어려운, 빨갛게 부풀은 원인 모를 병, 그리고 이렇게 방 안에 구속된 상태. 아무것도 하지 못한 채, 머릿속에 떠오르는 여러 생각들을 온종일 곱씹고 또 곱씹고. 내가 어떻게 살고 있는 걸까.

이 실험, 과연 괜찮은 걸까. 파티도, 새로운 사람들을 만나는 것도, 때론 정신이 나가 버리는 것도 모두 좋았다. 하지만 마치 오늘 죽을 것처럼 산다는 게. 아니지, 당시 나는 '오늘 당장 죽어도 괜찮다'는 생각으로 살았다. 나는 엄격히 규칙적인 삶을 수년간 고집해 왔는데, 예를 들면 대학생 때는 평균 4-5시에 일어났고 (주말도 예외 없었다.) 바깥에서 밤 11시가 지나간 경우는 손에 꼽을 정도였다. 금주 기간은 무려 6년에 도달하는, 지독히도 철저했던 삶.

그래서 한 번쯤 다 내려놓고 살면 어떻게 될까 궁금했던 것이다. 폐쇄에서 해제로, 지킴에서 버림으로, 안전에서 위험으로. 나만의 안전지대를 벗어난 세상은 어떤 것일지, 아무도 내가 어떻게 사는지 모른다는 자유를 가볍게 남용한 결과, 내가 몰랐던 나 자신을 비롯해 너무 많은, 너무 다른 세상을 한꺼번에 경험하다 어느 순간 나를 잃어버렸다는 것을 깨달았다.

다음 날은 버스에서 말을 건 이후 나와 친해지려 했던 라이를 만나야 하는 날이었다. 여전히 얼굴 전체가 빨갛게 부어 있어서 화장을 해도 거울에 비친 내 모습은 어딘가 이상해 보였다. 나를 숨기고 싶은 마음에 열심히 컬링까지 해 놓은 머리에 모자를 푹 눌러 쓴 채 얼굴을 가리고 "아파 보여도 신경 쓰지 말아 줘." 그에게 메시지를 보냈다.

아프지도 않은데 어딘가 불편해 보이는 내 모습에 대해 미리 변명을 깔아 둔 것이다. 어떻게 아픈 건지 그가 물었다. 구차하게 또 변명해야 하는 내 모습에 그냥 이렇게 답하고 싶었다: '몸이 아니라 정신 어딘가에 병이 난 것 같아.' 이란에서 온 그와 케밥을 먹은 후 디저트를 먹으러 가기까지 별다른 대화거리가 없었으므로 어색함을 깨기 위해 처음 보는 그에게 내 마음을 솔직하게, 툭 던져 버렸다.
"난 요즘 여기서 길을 잃은 듯한 기분이 들어."
"길을 잃은 기분이라는 게 구체적으로 무슨 의미야?"
툭 던진 그 말에 흥분한 눈빛을 보이던 그는 알고 보니 현재 대학에서 심리학을 공부하고 있었다.

"내 생각엔 너 사회 불안증이 있는 것 같은데. 오늘만 해도 아파 보일까 봐 걱정했잖아. 솔직히 너 전혀 안 아파 보여. 아파 보인다 해도, 뭘 걱정해? 사람들은 무슨 일이 생기는지 모르는데, 실은 아무 일도 안 생기는데 걱정해. 아파 보이면 생길 수 있는 최악의 일이 뭐야? 직장에서 잘리는 것도 아니고, 친구를 잃는 것도 아니고 아무 일도 안 생기잖아. 그건 너의 내면에 있는 불안 심리에서 나오는 거야. 나도 캐나다에 온 후부터 최근까지 사회 불안증에 시달려 봐서 알아."

처음 만난 사람에게 사회 불안증이란 진단을 받으니 순간 분했으나, 따져 보니 맞는 말이었다. 이런저런 조언들 끝에 그가 했던 말, "내 생각에 가장 중요한 건 '의식적'으로 사는 거야. 그냥 그게 다야." 제법 어른스러웠던 이날과 달리, 그 후에는 이상한 질투를 보이는 그를 참고 참다 결국 차단했다. (이후 다시 등장할 것이다.) 그러나 짧고 강렬했던 마지막 조언과 함께 이 잠깐의 만남은 크리스 할아버지의 조언과 함께 결정적인 터닝 포인트 중 하나가 되었다. 그러니까, 어차피 최악의 일은 다 겪었고 이제 더 잃을 것도 없으니 의식적으로 다 겪어 보자고, 그만 걱정하자고 다짐했다.

한편, 그와 한참 이런 얘기를 나누는 동안 타이슨에게 계속 연락이 왔다. 오늘 자기가 가는 수영장의 사우나에 같이 가면 아픈 데 도움이 될 거라는 문자, 잇따르는 그의 부재중 전화. 연속 오는 전화를 받지 않고 밥을 먹느라 전화하기 어렵다는 답장만 보낸 뒤 다시 라이와 깊은 대화에 빠졌다. 대화가 끝나고 휴대폰을 확인해 보니 화가 난 그는 혼자 드라마를 찍고 있었다. "Such bullshit?"[8]으로 시작되는 문자. 밥 먹는다고 전화를 못 받냐며 성급한 화를 내는 문자들이 잔뜩 와 있었고 그 끝에는 "Take care of yourself, Yunjeong?"[9]—이제 그만 보자는 통보 문자까지 보내 둔 이 남자. 뭐지?

내 문자가 조금은 예의 없이 들릴 수 있었겠지만, 특별히 잘못한 것도 없는 데다 사귀는 사이도 아니고, 무엇보다 만나기로 약속한 것도 아닌 데 이런 화를 받아야 할 이유가 없었다. 그래서 나는 별다른 말을 하지 않고, 그에게 잘 살라는 똑같은 문자를 보낸 뒤 집으로 돌아왔다. 아직까진 그를 마음에 담아 두지 않았기에 괴상한 그의 행동을 기억에서 바로 지워 버리고 어떻게 하면 내 마음과 정신이 걸린 병들을 치유하면서도 실험은 계속할 수 있을지 생각하다 잠이 들었다. 일어나 휴대폰을 보니 아니나 다를까, 그에게 온 여러 통의 부재중 전화와 미안하다며 사과하는 문자들. 다시는 안 보겠다며 잘살라고 하더니, 애달프고 처절하게 사과하는 그를 보고 피식 웃었다.

"너는 내게 왜 연락이 안 됐는지 설명받아야 할 권리가 없어."

내가 몇 마디를 쏘아붙이자 쩔쩔매는 그를 보고 그냥 용서해 주기로 했다. 어쩌면 그와의 드라마를 통해 이 미친 실험을 빨리 감기 하고 싶었는지도 모른다.

다음 날, 1시간 거리의 스시집으로 트레이닝을 받으러 갔다. 스무 곳

8) '헛소리하네' 그런 말이다.
9) '잘 살아라'라는 뜻으로 상대와 결별할 때 자주 쓰이는 말이다.

에 가까운 레스토랑에 지원했지만 트레이닝의 기회조차 쉽지 않았고 먼 곳까지 일을 알아보다 최후엔 한인 스시집만 남게 됐다. 무엇이든 맞다는 느낌이 들지 않으면, 반드시 틀린 선택인 법이다. 일이 어렵지 않을까 염려했던 대로, 아니 그 이상으로 메뉴얼은 복잡했는데 휴식 시간이 되고 한국인 직원들이 모여 지극히 한국적인 문화로 밥을 먹기까지 하자 '이건 아니야.' 내 마음이 말했다. 울며 겨자 먹기로 원치 않는 데서, 지극히 한국적인 환경에 갇혀 일한다면 여기서 살 이유가 없었다. 오랫동안 일을 구해지지 않던 시점이었지만, 그래서 순식간에 줄어드는 통장 잔고에 겁이 났지만 '원하는 삶이 될 때까지'를 고수하기로, 막막함 속에 분명 내가 바랐던 기회가 올 거라며 어디 한번 아무 근거도 없이 믿어 보자고.

그렇게 사장님에게 지원을 취소하겠다고 말하며 스스로에게 되새김질 했던 말: 해야 되니까 하는, 그런 식의 삶은 이제 그만하자. 원하는 일을 하고 원하는 삶을 살지 못한다면, 살아야 할 이유가 없어. 어쩔 수 없는 건 없어. 미래를 위해서 현재를 희생할 필요도 없어. 현재를 보고 미래를 아는 거야. 현재가 없는데 미래가 어디 있어.

착잡한 마음으로 깜깜한 저녁, 자신을 외계인이라고 소개했던 케이를 만나러 갔다. 그는 나를 만나자 냉큼 내 손부터 잡았는데 그렇다고 다시 뺄 수도 없어 얼떨결에 그의 손을 잡고 다운타운을 산책했다. 나는 재잘재잘 떠들었다.

"나는 여기서 경험이 아니라 실험을 하고 있는데 말이야…"

그가 습관적으로 전자 담배를 입에 무는 바람에 타코집에서 쫓겨난 우리는 대신 조각 피자를 산 뒤 벤치에서 열심히 싸우고 있는 커플의 옆자리에 앉아 그들이 싸우는 대화를 들으며 피자를 먹었다.

정말 재미있는 사건의 전개는 그다음이었다. 이번엔 마약에 취한 듯한 홈리스 아줌마가 우리를 찾아와 그를 향해 말했다.

"너만 한 덩치의 애를 죽여 봤어. 잔돈 내놔."

그녀의 동공이 풀려 있었다. 나는 대체 무슨 팔자길래 가는 데마다 사건들이 생기는 건지, 겁 없는 얼굴로 실실 웃고 있었다. 연속된 해프닝에 재미있어하는데, 케이는 기분이 나빴는지 피자를 남기고 그냥 자기 집에 가서 Chill[10] 하자고 제안했다.

"네 집에 가자고?"

"걱정 마. '나 콘돔 있어.'[11] 같은 거 안 할 테니까."

그런데 웨스트 헤이스팅스에 있다던 그의 자취집은 알고 보니 (캐나다에서 가장 위험한) 이스트 헤이스팅스에 있었다. 그는 아마 내 눈치를 봤을 것이다. 그러나 나는 이미 별다른 망설임 없이 그의 집을 가고 있었다.

"나 이스트 헤이스팅스에 있는 술집 가 봤는데 진짜 재미있는 밤이었어."—또다시 묻지도 않는 말을 재잘거리면서.

그의 집에서 도착하자 그는 내게 익숙한 음악을 틀었고, 그래서 우리

---

10) 별다른 일을 하지 않고 휴식의 시간을 갖는 행위는 모두 Chill이라고 표현한다.
11) 전에 겪었던 '콘돔 가이' 사건을 말해 줬는데, 그게 웃겼는지 그가 종종 인용하곤 했다.

는 난데없이 음악에 대해 얘기하기 시작했다. 그가 묻는 유명 아이돌은 커녕, BTS의 멤버조차 잘 모르는 나는 "한국에서 소외된 다른 한국인"이라고 나 자신을 설명했다.

그의 재생 목록에서 내가 가장 좋아하는 밴드 Nirvana[12]를 발견하고, 나는 더욱 신이 났다.

"'Last Days' 알아? 커트 코베인이 죽기 전 마지막 날을 담은 영화인데, 그를 연기한 배우는 내가 세상에서 제일 좋아하는 배우고, 근데 그 남자가 밴드도 하거든. 'Death to Birth'라는 이 영화 배경 음악도 그 사람이 작곡하고 부른 거야. 지금 들어 볼래?"

로컬 사람들도 두려워하는 이스트 헤이스팅스에 동양인 여자가 감히 온 것도 요즘 세대들, 특히 아시아와 거리가 먼 락 음악을 듣는 내가 신기했나 보다. 그는 나를 빤히 쳐다보다 말했다.

"너 같은 아시아 여자애는 없을 듯."

"내가 너보다 더 외계인이라니까."

집으로 돌아오는 길, 거리에 펼쳐진 수많은 텐트들, 그곳에 사는 홈리스들이 마약을 거래하거나 투약하는 장면들을 구경했다. 이곳 밴쿠버에선 한국선 보기 드문 모습들을 자주 목격하는데, 특히 두 가지는 매일 볼 수 있다. 바지를 제대로 입지도 못할 만큼 약에 취해 있는 마약 중독자들, 그리고 술에 취한 시끄러운 파티의 소음, 그러나 어딘가 비어 있다는 점에서 본질적으로는 모두 같은 모습이라고 여겼고, 그래서 나

---

12) 미국의 1990년대 그런지 락 밴드, 내가 가장 좋아하는 밴드다.

는 이스트 헤이스팅스가 두렵지 않았나 보다.

이 괴상한 문화 속에서 나도 함께 자유롭고, 같이 미쳐 가는 것 같았다. 갑자기 정반대의 사람으로 돌변해서, 거침없이 무모하게 살고 있는 내가 어쩌면 가장 미친 사람이 아닐까.

다음 날, 타이슨을 만나 해리슨[13]의 바다로 향했다. 그동안 나를 존중하겠다며 손도 잡지 않고 터치도 없었던 그가 갑자기 차 안에서 볼에 뽀뽀를 하더니 이를 시작으로 내게 키스를 했다. 마치 내가 이미 그의 사랑스러운 여자 친구인 것 같은 키스를. 진지한 느낌의 키스가 너무 오랜만이었던 나는 어정쩡한 자세로 그의 키스를 받았다. 그러나 그는 여기서 멈추지 않았다. 바닷가 앞에서 돗자리를 깔고 술을 마시면서도 그의 애정 표현은 계속되었고 결국은 너무 달아올라 제어하지 못하겠다고 했다. 그동안 터치도 안 하더니 스킨십을 시작한 날에 섹스까지 하자고? 해가 지고 숲으로 들어와 불을 피운 후, 그와 돗자리에 누웠다. 별들은 빛나고, 모닥불 타는 소리가 타닥타닥 들려오고. 그래서 제어가 안 됐던 그와 모닥불 앞에서, 그러니까 내 생에 첫 야외 섹스를 했다.

그 후 다시 집으로 돌아오는 길, 그는 오늘부터 정식적인 1일이라고 선언하듯 말했다. 캐나다에 온 지 고작 2개월 차, 갑자기 시작되어 버린 연애. 그는 무섭도록 관계에 돌진했다. 나는 너무 심각하게 생각하지 말고 모험심과 호기심을 충족시키기 위해 일단 마음에 든 그를 사귀어 보

---

13) 밴쿠버 근교에 있는 휴양 도시.

기로 했다.

그러나 이는 매일 재미있게 무엇이든 겪어 보자는 실험에 연애도 추가해 보자, 그 정도뿐인 마음이었다.

그러므로 돌아온 불금, 어느덧 밴쿠버 죽마고우가 된 친구 그레이와 여러 술집들을 순례하며 나는 여전히 여름날 밤에 속해 있었다. 이 연애를 두고, 사랑하지도 않는 남자를 위해 내가 살고 싶은 인생을 바꾸지 말 것과 누구에게도 끌려가지 말고 내가 좋은 대로만, 오직 내 감정에만 충실하기로 결정했다. 한국에서 상대방에게 나를 맞추며 연애했던 결과는 결국 내가 원하는 대로 살지 못해 생긴 미련과 후회였다.

나는 유년기부터 항상 타인을 위한 선택이 우선시했는데, 얻는 쪽은 내가 아닌 그들이었다. 캐나다에 와서 만난 많은 사람들에게 이기적이라고 느껴지는 일들을 더 많이 겪자, 그래서 아파했으나 곰곰이 생각해 보니, 자기가 중심이 되어 사는 것은 틀린 게 아니었다. 오히려 타인을 위해 끌려다니거나 맞춰 주면서, 정작 뒷전에 있는 본인에게는 미안해하지 않는다는 게 더 잘못된 거였다. 인생은 남이 아니고 자신을 위해 사는 거니까.

그래서 이번엔 나도 나를 위해, 나만 위해 살아 보기로 했다.

Ch. 3

Good Girl Gone Bad

　이틀 후, 타이슨과 여행을 가기로 한 날이 되었고 우리는 가기 전부터 삐걱거렸는데 이는 이후 끊이지 않을 다툼의 첫 시작이었다. 늦은 오후에 출발하자 했던 그는 1시쯤 되자 자기는 준비가 다 됐다는 이유로 나를 재촉하기 시작했다. 샤워도 하고 짐도 싸려면 충분한 시간이 필요했는데 대충 물로만 씻고 가방에 짐을 때려 넣고 나오면 되지 않냐는 식이었다. 공을 들여 화장하며 준비하고, 여행에 무슨 옷을 입을지 고민해야 한다고 말하지 못했던 건 내가 사회 불안증에서 기인한 외모 강박증과 씨름하고 있다는 걸 굳이 알리고 싶지 않았기 때문이다. 재미있게도 그는 외모에 신경을 많이 안 쓰는 내 모습이 매력적이라며 좋아했다.—나는 이를 삶의 우스운 아이러니라고 여겼다.

　내 남자라 느껴지지 않는 그의 옆에서 다소 잠을 설치고, 다음 날 그가 그토록 노래를 부르던 해리슨의 숨겨진 하이킹 장소로 향했다. 이곳은 위험해서 폐쇄된 트레일인데 입구가 없어 도로 한복판에 차를 세우고 돌들이 쌓인 절벽 위로 올라가야 시작된다. 가파른 데다 모래가 뒤덮인 건조한 돌들을 오르는데, 밟을 때마다 돌들이 떨어져 자꾸 휘청거렸다. 손에 땀이 흥건해지고 다리가 후들거리면서 죽기 살기로 오르다 결국 타이슨의 등에 매달리다시피 하며 돌길을 올라갔다.

이 트레일을 따라가면 버려진 큰 다리가 나오는데, 그 다리에서 먹자고 챙겨 온 음식이 화근이었다. 음식에서 나온 기름이 손에 묻고, 후들거리는 두 다리와 미끄러운 두 손의 조합. 그렇게 미끄러운 손으로 바위 위를 기어가면서 계속된 생명의 위협을 느끼다 결국 패닉 상태에 이르고 말았고, 제대로 된 밧줄이나 안전대조차 없는 절벽이 나오자 주저앉아 버렸다. '이건 아니야.'
"나 무서워 죽을 것 같아. 울고 싶어."
"그럼 울어."

나와 달리, 그는 한 마리의 야생 동물처럼 100m에 가까운 터널 위로 절벽을 기어 올라갔다 내려오는 등, 자연과 하나가 되어 있었다. 반면 나는 카레 소스와 기름으로 범벅된 손과 티셔츠, 다 지워진 화장, 엉망진창이 된 머리와 함께 처참한 몰골로 벌벌 몸을 떨고 있었다. 용기를 내 큰 심호흡을 한 뒤, 한 번만 헛디디면 떨어져 죽는 그 코스를, 그 악마 같은 절벽길을 내려갔다.

첫 번째, 일단 길이 아니라 바위 끝을 밟고 내려가야 하고 두 번째, 그 바위 끝은 너비가 발 두개를 딛기도 어려운 좁은 절벽이었고 세 번째, 그 옆은 떨어지면 즉사하는, 끝이 보이지 않는 바닥인데 네 번째, 그 절벽에서 떨어지지 않도록 막아 주는 울타리나 나무 따윈 하나도 없었으며 다섯 번째, 언제 누가 만들었는지 알 수 없는 쇠줄 하나는 곧 끊어질 것같이 약해 보였다.

현기증이 나서 휘청거리거나 쓰러지면 무조건 즉사였다. 나를 이런 곳에 데려온 그가 황당했다. 모험을 원하는 거지 목숨을 건 하이킹을 겪고 싶은 건 아니었다. 그런데 이 아찔한 절벽을 결국 내려갔다. 내려가니 그가 말하던 빨갛고 큰 다리가 멀리 보였는데, 문제는 그 다리로 넘어가는 또다른 절벽은 지나치게 가파르고 건조해서 돌들이 계속 떨어지고 있었고, 작은 돌들과 함께 절벽 아래로 떨어지는 죽음은 예상 아닌 예정이라는 게 문제였다. 떨어지는 상상을 하며, 이곳을 건너려다 보이지 않는 절벽 밑이 바로 내 죽음의 장소가 될 거라는 공포에 휩싸였다.

자기가 먼저 가서 밧줄을 묶든지 할 테니 건너가자는 그를 망연히 쳐다봤다.―생각해 보니 밧줄도 없었다.
'너는 건너가다 죽을 거야. 그런데 네가 여기서 죽으면 나 혼자 어떻게 돌아가.'
10분간 실랑이를 하며 건너 보겠다는 그를 겨우 말리고, 그냥 그곳에 앉아 가져온 맥주와 음식을 먹으며 시간을 보내기로 했다.
"너는 정신은 강한데 신체는 약해."
기분 나쁜 그의 말에도 후들거리는 다리를 진정시키고 넋이 나간 혼을 되찾느라 바빴다.

돌아오는 길도 그에게 매달리다시피 내려왔지만, 아무튼 해냈다는 기쁨에 뿌듯해하는 것도 잠깐이었다. 처음 올랐던 돌길에서 미끄러져 넘어지면서 다리와 손을 다쳐 크게 피를 흘렸다. 문자 그대로 피, 땀, 눈물이 다 나는 하이킹, 망할. 결국 영구적인 흉터가 될 피를 흘리고야 만 것이다. 영광의 트로피처럼.

차를 세운 곳에 돌아온 그는 균형 감각이 부족하다며 운동하라는 잔소리를 하고, 나는 그러거나 말거나 화장실을 찾다 결국 숲에 소변을 보면서, 상처가 나 피를 흘리는 손과 다리를 가만히 쳐다봤다. 이상하게 갑자기 쾌감이 들었다. 그것은 죽음의 위기를 피했다는 기쁨과 다치거나 주저 앉아도 '생자연'을 겪고 온 살아 있다는 생동감이었다. 나는 그동안 자연과 전혀 친하지 않았다. 서울에게 길들여지, 조금만 불편한 곳이면 바로 스트레스를 받는 예민형 인간.

그러니 산, 호수, 바다를 갈 때마다 잠깐 발만 들였다 빼는 격으로 자연을 경험했다. 아니지, 그냥 구경꾼일 뿐이었다. 몸이 고생하거나 불편한 환경은 무조건 기피하며, 조금만 화장이 지워져도 바로 고쳐야 하고 흐트러진 앞머리가 생기면 즉시 빗을 꺼내 빗어야 했던, 그런 내가 자연을 '겪는다'는 건 불가능했다.

그런데 이날 하이킹은 당장 눈앞에 놓인 '생존' 아니면 '죽음'밖에 보이지 않았으니 예민함이고 뭐고 다 중요하지 않았다. 단지 살아야 했다. 나는 살아서 마침내 자연에 내 피를 남겼고, 자연은 내 도시적 다리에 영원히 남을 흉터를 주었다. 하지만 나는 이후 옅게 사라지는, 그러나 완벽히 사라지지 못할 흉터를 보며 이날의 하이킹을 절대 후회하지 않는다.

호텔로 돌아와 온천을 하는데 타이슨은 함께 있던 두 모녀에게 말을 걸며 수다를 떨기 시작했다. 그의 지나친 수다스러움에 짜증이 나고 함께 그들의 대화에 끼어들지 못하는 상황에 소외감이 들었다. TV 속 어디선가 본 것 같은, 백인 남자 친구를 둔 동양인 여자가 영어를 잘 못해서 남자 친구에게만 의지하는 그런 모습.

이 서러움은 다음 날 더 폭발했는데, 그는 다친 상처에서 피가 멈추지 않는데도 연고 없이 자연스럽게 건조시키는 것이 맞다며 나를 은근히 무시했고 나는 의학적인 이유가 있어도 그 말을 영어로 완벽히 설명할 수 없어 그저 듣고만 있어야 했다. 사실 설명할 이유를 몰랐다. 상처 난 데가 아프니까 약국에 가서 연고를 산다는데 왜 의학적인 설명을 해 줘야 하지? 문화의 차이인지, 그는 내가 약이나 의학에 '의존'하는 거라고 생각했고, 나는 이를 반박하는 노력조차 들이고 싶지 않았다.

그는 그가 끌고 가는 일방적인 이 관계, 언어 장벽, 약한 듯한 내 모습 때문인지 잠시 이 연애를 다시 생각하는 시간을 갖자고 했다. 그 얘기를 듣고 있자니 하고 싶은 말이 많았는데 또 영어가 문제였다. 제기랄. 답답함에 가득 찬 채 여행을 마치고 돌아온 뒤부터 2달간 우리는 매주 다투었고 그와의 연애는 막장 드라마의 그것과 같은 전개로 흘러갔다.

어릴 땐 사막에서 난민 캠프 생활, 중 고등학생 땐 자퇴, (즉, 초졸이다.) 성인이 되선 갱스터 두목의 보디가드로 일하면서 그쪽 세계의 돈과 지식을 쌓다 현재 직업은 마약 딜러인 이 남자. 나는 그에게 분명 아직 말하지 않은 큰 비밀이 있을 거란 직감이 있었다. 얼마 지나지 않아 그 비밀이 밝혀졌다.

어느 날 다시 별을 보러 가기 전, 잠깐 베이커리에 들러 주차를 하던 중 그가 갑자기 이렇게 고백했다.

"나 사실 전 여자 친구과 생긴 딸이 있어. 4살이야."

처음에는 장난이라 생각했다.

"재밌네, 하하."

그는 내가 자기주장을 펼치며 화를 내는 걸 유독 좋아했기 때문에 화나는 모습을 보려고 거짓말을 한다고 생각했다.

그러나 딸과 함께 찍은 사진까지 보여 주자 웃음기가 그치고 얼굴이 굳기 시작했다. 나는 별다른 흥분 없이 말했다.

"항상 네가 대단할 걸 숨기고 있을 거라 추측했는데 그게 숨겨진 딸일 줄은 몰랐네."

"자식이 있다는 사실로 나를 바로 판단하지 말고, 내가 어떤 사람인지 편견 없이 알게 해 주고 싶었어."

—사실 여기까진 큰 아량으로 그냥 이해하고 넘어가려 했다. 그에게 별로 진지하지도 않았으므로. 그런데 그가 이런 말을 하기 시작했다.

"너를 만날 때부터 네가 어떤 사람인지 시험해 보려 했어. 해리슨 여행을 간 것도 테스트의 일부야."

나도 내 목적을 위해 그를 만났으니 이 연애에 불평할 입장은 아니었다. 신분이 불안한 워홀러인 데다 낯선 도시에서 차도 없고 아는 것도 없는, 심지어 일도 없는 내게 늘 챙겨 주고 구경시켜 주며 도와주는 사람이 있다는 건 고마운 일이었다. 그런데 나를 시험했다는 사실에서 상하관계가 느껴졌다. 마치 외국인인 너를 아무 보증 없이 사귀겠냐, 뭐 그런.

그래서 다음 날 쌓여 왔던 내 분노를 쏟아부었다.
"너와의 관계에서 물러서고 싶어"
그의 애달픈 사과에도 끝까지 가혹하게, 그동안 넘어가 줬던 그의 모든 잘못들을 짚어 주면서 문자로 싸우고 있는 그때, 케이에게 다시 메시지가 왔다.
"네가 빗을 두고 간 게 마음에 들어."

신데렐라가 유리 구두를 놓고 간 것처럼 내가 늘 사용하던 앞머리 빗—내 마스코트—을 그의 자취 집에 떨어뜨리고 가 버렸는데 그가 가족이 사는 본래 집으로 다시 이사를 가면서 그 빗을 발견하고 집에 가져온 것이다. 그게 재미있어서 그를 다시 보러 갔다. 술을 마시며 호수를 산책하다 그는 역시 예상대로 자기 집에 가자고 제안했고, 부모님도 같이 사는 집이니 별다른 문제는 없지 않을까 생각했던 나는 그의 집에 따라갔다.

함께 내가 좋아하는 락 음악을 들으며 술을 마시는데 그가 묘한 눈빛을 보내기 시작했다. 키스하기 전 상대를 쳐다보는 그런 눈. 나는 조금씩 스킨십에 들어가는 그를 밀쳐내지 않았고 다가오는 그의 입술을 받아 버렸다. 아직 완벽하게 헤어지지 않은 관계에 대한 책임감, 그리고 끌리는 내 마음대로 살고 싶은 순수한 욕망의 뜨거운 다툼. 나는 후자를 택하기로 했다. 바람을 피웠다는 사실에 어떤 자책감도 들지 않자, 내가 몰랐던 내 정체성에 두려워졌다.

다음 날, 늦은 시각까지 집에 왔다고 문자하지 않았다는 이유로 타이슨이 잔뜩 화를 냈다. '왜? 우리 지금 관계 보류 상태잖아.' 내가 잘못을 인정하지 않자, 이만 끝내자는 답변이 돌아왔고 나는 빠른 관계의 종결에 아주 순수히 기뻐하고 있었다. 그러나 그는 얼마 지나지 않아 다시 문자를 보냈다.

"세차를 하는데 함께 피웠던 장작불의 재와 여행에서 쓴 물품들이 나왔어. 마음이 정리가 안 돼. 늦은 밤에라도 만나서 너랑 대화하게 해 줘."

나는 그의 부탁을 수락하고 또다시 케이를 만나러 갔다.

가벼운 하이킹을 하고 저녁을 먹은 뒤 그의 집에서 음악을 틀고 이번엔 더 열정적으로 키스를 나눴다. 함께 듣는 음악의 리듬 속에서 키스를 하는 것이 어느새 나와 그의 루틴이 되어 가는 듯했다.

그런데 갑자기 그가 발을 내놓으라며 양말을 벗기더니 내 발을 핥기 시작했다. '뭐야, 이번엔 Foot Fetish야?' 발로 애무를 해 달라는 그를 외계인처럼 쳐다보았다. '너 진짜 외계인이 맞구나.' 그가 내 발에 사정하

60

는 걸 보며 알 수 없는 감정이 들었다. 거친 신세계로, 어디까지 갈 수 있을지 모른 채 내가 두었던 경계선을 넘어가고 있는, 그래서 두렵고 흥분되는 마음.

이후 타이슨은 내가 있는 곳까지 데리러 오겠다며 문자를 보냈는데 케이의 집 주소를 말할 수는 없었다. 근처 역에 와 달라고 답장한 뒤, 케이와 애기를 나누다 다시 휴대폰을 봤다. 그에게 온 여러 통의 부재중 전화. 그에게 전화하지 않고 구체적인 시간에 만나자는 문자를 보내자 또다시 전화가 왔다. 이번엔 또 뭘까.

"왜 나한테 다시 전화 안 걸고 문자로 답장해? 다른 남자랑 있지?"
그가 성을 내며 다급히 말했다. '이 남자는 지가 헤어져 놓고 다시 집착하며 나를 속박하는군.' 지쳐 버린 나는 도리어 화를 냈다. 전화를 끊어 버리고 케이에게 이젠 다 끝났다고 홀가분하게 말했다. (그는 타이슨의 존재를 처음부터 알고 있었다.) 그러나 몇 분 뒤, 그에게서 욕설보다 더 모욕적인 문자가 오기 시작했다.
"You hang out with your fake friends because you are also fake."

내가 종종 밴쿠버 사람들은 fake라고 불평하곤 했는데, 내게 가장 모욕적인 말을 던지기 위해 이런 말을 한 것이다. 문자를 받고 나도 모르게 이성을 잃어버렸다. 답장하지 말라는 케이의 만류에도 내가 이길 때까지 싸워 보고 싶었다. 이미 헤어진 관계인데 여전히 판단하는 그를 내가 부숴 보겠다는 새로운 목적으로. 밴쿠버에서 가장 오만한 듯한 너를,

네가 무시했던, 동양에서 온 (연약해 보이는) 여자인 내가 쓰러뜨리겠다, 뭐 그런. 종종 그에게서 얻었던 성차별과 인종적인 선입견의 발언들을 역으로 돌려주자고.

"네가 판단하는 게 틀릴 수 있다고 생각하지 않아? 네가 왜 좋은 여자를 못 만나는지 알아? 그건 네가 좋은 남자가 아니라서야."

케이의 차를 타고 집에 가는데 타이슨에게 다시 전화가 왔다. 이 상황이 재미있었는지 케이는 스피커로 통화하게 한 뒤, 옆에서 그의 얘기를 들으며 내 반박을 도와주고 나는 격분한 감정으로 타이슨과 다투는 드라마 제2장.

"네 맘대로 생각해, 어차피 넌 네 생각밖에 못 하니까. 난 다 말했고, 더 할 말 없어. 끝이야."

나는 그렇게 그가 말하고 있는 도중에 통화를 끊어 버리고, 다시 나를 붙잡을 거라 확신하며 그의 연락을 기다렸다.

다음 날, 예상대로 나의 항변이 마음에 걸렸었는지 꼭 나와 직접 만나서 얘기할 기회를 달라는 문자가 와 있었는데 그동안 하지 못했던, 논리적으로 그가 얼마나 잘못되었는지 설명해 줄 목록들을 작성하고, 그를 카페에서 기다렸다. 그는 글을 쓰고 있는—사실은 그와 헤어지고 뭘 더 해야 할지 희망차게 리스트를 쓰고 있는—나를 데리러 오기 위해 카페에 들어왔다가, 내가 노트에 무언가를 끄적이는 모습을 몰래 한참 바라본 뒤 갑자기 다가왔다.

이런 nerdy[14]한 성격의 여자가 자신의 이상형인 건지, 그는 서로 오해가 있었던 것 같다며 나와의 관계를 회복하려고 했다. 나는 계속 차갑게 밀어내는데, 오히려 그는 쉽게 마음을 내주지 않는 나를 더 좋아해 버렸다. 그는 그의 직업에 걸맞게 뛰어난 설득자였고, 그렇게 내 의도와 반대되는 갑작스런 결합이 강제에 가깝게 이루어졌다. 나는 마지못해 '알겠다'라고 말하며, 그러나 마치 그와 사귀지 않는 것처럼, 바람처럼 자유롭게 살겠다는 무서운 결심을 내렸다.

8월이 끝나갈 무렵, Cambie Bar에서 만난 후부터 매일 연락을 보내는 애셔, 그리고 그의 친구들과 자주 놀기 시작했다. 그와 나는 제법 많은 공통점들을 갖고 있었는데, 특히 락 음악을 목숨 다해 좋아한다는 것, 그래서 그는 기타를 치고 나는 베이스를 친다는 것이 벌써 둘만의 무언가를 만들어 냈다. 우리는 남들의 시선을 벗어나 약간은 미친 짓을 할 수 있다는 것도 닮아 있었는데, 한번은 술집에서 한바탕 춤을 추다 여러 번 경고를 받았는데, 춤을 멈추지 않자 그대로 쫓겨나기도 했다. 애셔와 친해져 가는 반면, 타이슨과는 싸우고 화해하고, 혹은 헤어지고 결합하는 일이 매주 반복되었다.

그와의 다툼은 주로 그가 결혼을 고려하며 '동거', '동부로의 이사', '사업' 등을 말할 때마다 나오는 나의 시큰둥한 반응으로 시작되었다. 지속된 싸움으로 그에게 꽤나 정이 들면서도, 한편으론 다른 남자들을 만나도 별다른 죄책감이 들지 않는 무감각한 연애가 이어졌다.

---

14) 괴짜와 범생이의 모습을 가진 사람인데 제대로 번역할 한국어 단어가 없다.

실험 추가 항목: 예상에 없던 외도.

결과: 아무 느낌이 들지 않는다. 바람을 피우는 사람들은 어떤 만남도 즐기지 못하는 게 확실하다.

여느 때처럼 그와 싸우고 헤어진 다음 날, 친구의 초대를 받고 VFX 학교[15]에 열린 파티에 가는 길이었다. 하도 잦은 일이라 아무 생각이 들지 않을 만큼 이별이 익숙했는데, 내막을 모르는 친구들은 이런 위로를 던졌다.

"누가 알아? 너가 오늘 파티에서 새로운 남자 친구를 만나게 될 지."

나는 남자 친구를 원하는 게 아니었다.

"나는 자유를 원해."

그러나 그들의 말은 멀지 않은 미래에 현실이 된다. 파티에 도착하고, 학생들 사이에서 홀로 낯선이였던 나는 어색함을 달래기 위해 괜히 술만 들이켰고 그 모습은 이 도시에서 내가 가진 처지와 매우 닮아 있었다. 어디에도 소속되지 않은, 그래서 술을 마신다. 그들이 담배를 피우러 가겠냐고 묻자, 차라리 어지러우면 동떨어진 내 기분이 무마될까 싶어 담배를 흠뻑 빨았다. 그러나 잔뜩 술을 마시고 피웠던 멕시코 담배는 제대로 걷기 힘들어 계단을 오를 때쯤 휘청대기 시작하고, 결국 소파에 드러누워 한동안 뻗어 있다 나를 집으로 돌려보냈다. 허무했던 밤, 그러나 미래의 남자 친구가 될 그는 내가 신데렐라처럼 금새 사라져 버린 탓

---

15) Visual Effect의 약자로 밴쿠버 필름 스쿨 계열 중 시각 효과를 공부하는 학생들이 다니는 학교이다.

에 열렬히 그리워했다고 한다.

다음 날, 애셔의 생일 파티에 갔다. 다른 친구들과 다 함께 클럽에 들어간 뒤 그와 나는 어린 아이처럼 스테이지를 뛰어다녔다. 한참 춤을 추다 잠시 그와 단둘이 쉬고 있는데 그는 갑자기 진지한 얼굴로 나를 쳐다봤다.

"사실 나 너 좋아해."

취해서 고백하는 게 아니냐며 피식 웃는 내게 정색을 하고 그는 뚫어질 듯한 눈빛으로 고백했다.

"나 정말로 너 좋아해."

"너도 나를 좋아하는 것 같은데 잘 모르겠어."라는 그의 말에 차마 아니라고 말하기도 어려웠다.

'나 좀 그냥 두면 안 돼?' '그냥 다같이 재미있게 놀면 안 될까?' 식의 대답이 목구멍에 차올랐지만 아무 말도 내뱉지 못했다. 이렇듯 누군가의 고백은 기분이 좋다기보다 나의 자율권을 빼앗기는 일에 가까웠다. 나는 그저 놀러 나왔을 뿐이고, 다양한 사람들과 교제하며 이제 드디어 세상 좀 겪어 보려 하는데, 남자들의 고백은 내 의사와 상관없이 나를 로맨틱한 상황으로 끌고 가서 어떤 의무나 부담을 더해 주었다.

새벽 2시가 되고 올라탄 택시 안에서 우리는 집으로 가려던 마음을 바꾸고 기사에게 애프터 클럽[16]에 데려가 달라고 했다. 우리가 갔던 You

---

16) 일반 클럽과 반대로 새벽 3시 문을 열고 아침 8시까지 운영하는 클럽.

Plus One은 숨겨진 언더그라운드 클럽으로, 새벽 3시에 문을 열고 아침 8시에 닫는다. 그랜빌 거리 뒷골목, 어느 평범한 문을 두드린 뒤 "파티하러 왔어요."라고 말하자 문이 열렸다. 검색대에서 무섭게 가방을 수색당하고 휴대폰 카메라에 스티커를 붙인 후에야 음산하고 수상한 이 클럽에 들어갈 수 있었다.

들어가 보니 모두 좀비처럼 마약에 취해 괴상한 춤사위를 보이고 있었고, 술을 마시는 사람은 한 명도 보이지 않았다. 다들 생수통[17]에 물만 마시며 음악에 취해 있었고 우리도 몹시 취한 상태로 음악을 따라 몸을 흔들었다. 그런데 조금씩 속이 이상하기 시작했다. '물에 무언가 섞여 있었나?' 마시던 물병을 잠깐 테이블 위에 두고 잠깐 한눈을 판 사이, 누군가 내 물에 마약을 탔던 것이다. 역겨움이 밀려오고 머리가 핑 돌기 시작했다. 버티고 버틴 새벽 6시쯤이었을까. 간신히 참다 집에 가 토를 하니 그때부터 엄청난 어지러움이 몰려오고, 몸을 가눌 수조차 없었다.

몸은 괴로워 식은 땀을 내는데도 뇌는 약 기운에 한껏 흥분된 상태라 잠들 수 없었다. 괴로움과 즐거움이 섞인 몹시도 이상한 기분을 가지고, 침대에 뻗어 클럽 음악을 들으면서 나는 머릿속에서 계속 춤을 췄다. 몸은 벌벌 떨어 가며 식은땀을 내는데, 무섭지 않았다. 오히려 이런 내 모습에 웃음을 참지 못하고 셀카 사진을 찍으며 기록까지 남긴 뒤 아침 10시가 되어서야 눈이 감겼다. 오후 1시, 잠에서 깼지만 몸을 일으킬 수

---

17) 마약을 하면 술을 마시지 않고 이후 물을 마시기 때문에 클럽에서 물을 마시는 사람들은 대게 마약을 한 사람들이다.

없었다. 눈을 떠도 별이 보이며 시야가 팽글팽글 돌고 있었다. 배가 고 팠지만 몸은 음식을 받아들이지 못했고, 뭐라도 하고 싶으나 고개조차 들지 못한 채 뻗어 누워야 했다. 조심하지 않았던 지난 밤이 후회되는 것도 잠시, '후회할 것은 아무것도 없다.'고 생각했다.

  비록 아프기도 했지만. 엉망진창의 날들, 무경험으로 일어났던 실수나 사고를 실패라고 부를 순 없었다. 좋거나 나쁘거나 재미있거나 슬프거나 하나의 '에피소드'가 만들어질 때마다, 그것의 생기는 내가 살아 있음을 느끼게 했다. 실패를 차단했던 삶은 완벽했으나 죽어 있었고, 이제 나는 불완전하지만 살아 있었다. 새로운 것에 부딪히면 다치지만, 다치지 않고는 배울 수도 얻을 수도 없었다. 그래서 나는 부딪혔다. 끝없이. 특히, 한 달 이상 끝없이 부딪혔던 구직 활동은 '원하는 대로만 살겠다'던 나의 고집적 소망을 마침내 들어주었다.

  매일 구인, 구직 사이트를 뒤져가던 어느 날, 고용하는 일이 거의 없는 어학원 행정직을 발견했다. 간절한 바람과 함께 이력서를 보내자 몇 시간 뒤 인터뷰하자는 전화가 왔고, 다음 날 진행한 인터뷰 자리에서 나는 곧바로 채용되었다. 이 직업은 바(bar) 서버직을 그만둔 후부터 줄곧 1순위로 바랐으나, 구인을 하는 곳이 거의 없었다. 그러나 제안이 오는 다른 일자리를 거절하며 리스크를 감수하고, 기회가 올 때까지 기다리겠다는 베팅은 성공해 버린 거다. 신념을 가져야 기회도 가진다고 믿었고 믿음은 배신하는 일이 없었다는 게 내가 가진 운의 전부였다.

실험 4개월 차 9월 말, 어느덧 내 생일이 다가왔다. 그 즈음 나를 못 잊겠다는 타이슨을 다시 받아 주는 건 분명 이기적 과오였다. 그래서 해외에서 맞는 내 첫 생일, 어느 때보다 복잡한 감정의 일기를 적어 내려 갔다. 케이와 애셔를 만나 오다가 생일날 내게 돌아온 타이슨을 만나고. 그러나 여전히 이들 모두 내 사람이 아니며, 많은 사람들에게 둘러싸인 듯하지만, 여전히 아무도 없다는 변함 없는 그 진실을. 그러나 그 진실은 더 이상 아프지 않았다. 비바람이 그친 적 없던 4개월이 지나자 이제 불완전한 삶을 그대로 수용하며 긍정할 수 있다는 데서 이러한 답을 얻었다:

내가 포기하지 않는다면 문제는 반드시 내게 보상해 준다는 것, 앞이 보이지 않아도 그냥 가면 된다는 것, 그러니 이러나 저러나 내 인생을 사랑할 것.

사실 나조차도 내 생일을 신경 쓰지 못했는데, 애셔는 나보다 더 신경을 써 준 유일한 사람이었다. 그는 내가 가끔씩 유령을 본다고 했던 얘기를 마음에 담아 두었다가 우연히 술집에서 수공예 업자를 만나게 되면서 유령을 물리쳐 주겠다는 귀여운 생각을 하며 특별한 크리스탈 램프를 제작해 주었다. 나한테 좋아하는 색을 물어봤는데 그게 다 선물 때문이었다는 게, 나를 위해 애쓰는 존재가 생겼단 게 기뻤고, 그래서 항상 혼자라 느끼는 존재가 위로를 받는 첫 순간이었다.

그가 생일상이라며 요리해 준 음식을 먹은 뒤, 선물 받은 램프의 보라색 불빛만 빛나는 어둠 속에서 듣는 밥 딜런의 'Ballad of a Thin Man'. 나는 처음으로 그에게 로맨틱한 감정을 느꼈다. 그러나 집에 와 한참 생각했다. 타이밍의 도움을 놓친 로맨스는 성사될 수 없어 허전할 뿐이라고. 이상하게도 항상 벗어났던 타이밍의 신호를 떠올리며, 그는 좋은 사람이지만, 아마 내 짝은 되지 않을 거라 짐작했다.

생일날이 되고 타이슨은 약속 시간이 훨씬 지나서야 나를 태우러 왔다. 도심에서 떨어진 한적한 곳에 도착해 자동차 트렁크로 가더니, 잠시 후 촛불을 붙인 생일 케이크를 가져왔다. 어디 좀 들르느라 늦는다더니 괜찮은 케이크 가게를 찾아다녔나 보다. 'Happy Birthday, Yunie' 귀여운 레터링을 보며 그에게 마음속으로 고백했다. 'Good girl은 이제 없는데.'

Ch. 4
Metamorphosis

　10월이 되고, 새벽 3시경 술에 취한 애셔가 메시지를 보냈다. "사랑해."—그는 결코 나를 사랑하는 것이 아니었다. 그건 사랑(love)이라기보다 홀린 것(crush)이고 나는 그렇게 타인이 원하는 '대상'이 된다는게 싫었다. 나는 가까워지는 그를 밀어내기 위해 상황을 무마시켰고, 그도 민망했는지 일주일이 지나도록 연락하지 않았다.

　한편 타이슨과는 싸움이 반복되었으나 그만큼 각별한 사이가 되고있었다. 한번은 그가 다투다 말고 마음을 고백했다.

"It's not even I like you. Now I have feelings for you."

　그는 좋아한다는 말, 그 이상을 표현했지만 진지한 그 감정을 고스란히 받을 수 없는 게 바로 망할 언어 장벽이었다. 연속된 다툼으로 다시헤어질 타이밍을 고민하던 시기, 마침 남자 친구와 헤어진 친구를 만나함께 클럽에 가게 되었다. 그에게 클럽에 간다고 말하려 했으나, 이별로힘들어하는 친구와 술을 마신다는 문자에 그가 오랜 시간 답장이 없자그와 한바탕 싸우게 될 오늘 밤의 전개를 예상하며 비장한 각오로, 더이상 연락을 보내지 않고 클럽에 들어갔다.

정녕 타이밍은 오늘 밤을 운명의 시간으로 정한 듯했다. 가방에 들어있다 마구잡이로 자판이 눌린 건지, 휴대폰은 1시간 동안 잠겨 버렸고 그래서 잠시 그를 잊기로 했다. 잠시 후 잠금이 풀린 휴대폰을 보니 타이슨에게 여러 개의 문자들이 와 있었다.

"너희들도 백인 여자애들과 다를 바가 없다는 걸 깨닫기 시작했어."

"삶에 문제가 있을 때마다 술 마시러 가잖아."

"삶의 문제를 술 마시는 핑계로 삼는 거지. 웃겨."

인종차별, 모욕, 판단, 모든 게 섞여 있는 문자를 보자 바로 이별을 다짐했다. 답장도 하지 않으리라. 나는 옆에 있던 낯선 남자와 대화하기 시작했다. 잠시 후 타이슨에게 전화가 왔고 나의 휴대폰에 그의 이름이 진동했다.

"타이슨이 누구야?"—나는 서슴 없이 대답했다. "전 남친." 그는 이제 엑스(ex)이자 엑스(X)였다.

클럽을 나오고 집으로 향하면서 이제 타이슨과는 완전히 끝이라고 생각하는 그때, 말도 안 되는 일이 벌어졌다. 내 옆에 조금씩 다가오는 익숙한 차. 밴쿠버에 하나뿐인 그의 흰색 마세라티, 창문을 내리자 보이는 그의 얼굴. 그가 정녕 새벽 3시, 이 도심 한복판 길에서 나를 찾아낸 거다. (맙소사)

"그래서 저 여자가 남자 친구와 헤어져서 힘들어하는 애라고? 망할 탱크 탑과 치마를 입고 있는데? 전혀 위로를 받아야 할 사람처럼 보이지 않는데?"

무슨 말을 해야 할지 몰라 멈춰 있던 10초, 마치 세상이 정지된 10분과도 같은 순간. 나는 운명의 여신을 열심히 욕하고 있었다.

"차에 타."

그의 차에 타면서 헤어질 타이밍인지, 변명하고 넘어갈 타이밍인지 고민했다. 이렇게 죄인의 모습으로 헤어지면 방금 받은 문자처럼 지금까지 당한 게 너무 억울할 것 같았다. 그래서 변명을 골랐다.

"네가 보낸 문자에 너무 화가 나서 친구가 클럽에 가자고 할 때 그냥 갔어."(정확한 사실이었다.)

"그니까 보복한 거군."

"어. 보복이야."

"그건 네 아빠와의 문제에서 배운 행동이야?"

그동안 나에 대한 판단이 옳다는 그의 고집을 꺾기 위해, 관계에 물러서지 않고 다툼을 이어갔던 것인데 그가 가정사까지 건드렸을 땐 그만둘 때가 되었다는 걸 깨달았다. 그러나 이별의 결심은 달콤한 그의 말에 다시 한번 꺾여 버렸다.

"내가 요즘 무슨 생각하고 있던 줄 알아? 어학원을 차려서 너가 운영하게 하려고 했어. 더 이상 남 밑에서 일하지 않도록."

타국에서 나를 생각해 주는 존재의 위상이란 포기하기 쉽지 않았다. 그가 하는 말을 믿어서가 아니었다. 나를 얼마나 생각하면 새벽 1시에 나와서 2시간 동안 나를 찾아다니다 클럽 앞에서 나를 발견하고, 새벽 5시까지 피곤하게 다투면서도 저런 자상한 말을 내뱉을까, 그래서 나를 생각해 준다고 여겼던 것이다. 휴대폰이 잠겼던 것부터, 친구와 클럽에 간 이유 등 한참의 변명을 늘어놓자 그는 받아들였다. 그것은 내 말을 믿었기 때문이 아니라, 그럼에도 나를 원하기 때문이란 걸 서로가 잘 알고 있었다.

그러나 다음 날도 그 이후에도 비슷한 레퍼토리의 다툼과 화해가 계속되자 어느 날 나는 끝을 맺어야 했다. 그는 돈이 많았고 항상 모든 bill을 지불해 줬으며, 외모도 괜찮은 데다 지혜가 많았고 평소엔 매우 자상했다. 그러나 나는 말괄량이였고 그는 나를 길들이려 했다. 옷차림도 삶의 방식도 먹는 음식도, 많은 것을 '맞출 것'을 요구하는 길들임. 그래서 우리는 거의 매일 다퉜던 것이다. 그는 결코 자기 것으로 만들 수 없는 상대가 바로 나라는 걸 몰랐기 때문에.

타인의 세상, 남들이 만든 기준에 나를 맞췄던 게 내 과거의 단축 말이다. 그건 인정받고 싶은 욕망에서 나온 가짜 인생이었다. 그래서 과거에 완벽하게 확신했던 것들은 알고 보니 내 것이 아니었고, 그래서 나는 잃어버린 후 다시 찾게 된 내 자신이 낯설었다. 내게 무언가를 요구하는 상대가 사라지고, 나 홀로 나 자신에게 원하는 게 무엇인지 스스로 물어본다는 게 말이다. 그와 완벽히 결별하자 '나는, 지금, 왜, 이곳에 있는지' 비로소 완벽하게 깨달았다.

나는 나로서, 나를 위해, 나에 의해 살려고 여기까지 온 거였다. 유레카. 타이슨과의 결별 후, 사람도 술도 파티도, 혹은 사건이라 불릴 만한 무언가를 찾는 일과도 잠시 결별했다. 이제 외부에 쓰이던 에너지를 모두 나에게 되돌리고 나 자신에게 이렇게 질문할 시간이었다. '뭘 원해? 이제 어떻게 할래?'

<실험 1/3 보고서>

매달 통장에 들어오는 월급, 숫자로 된 마약은 '세상에 완벽한 직장이 어딨냐'는 비겁한 변명을 만든다. 낭만 없는 5일과 그로 보상받은 주 2일의 시간에만 잠깐 살아 있는, 그 삶을 버리자고 한 나와의 약속을 지켜 냈다. 체류 기간이 정해진 비자는 '다시 가질 수 없는 이 시간'을 세어 주었다. 따라서 '나중'이라는 선택지는 내게 없었다. 지금 아니면 없는 '한 번'으로 주어진 시간이었다. 그러므로 하루하루가 삶의 베팅이라 불릴 수 있는 결정적 시간. '원하는 대로 된다'고 주문을 걸자, 끈기는 원하는 직업, 원하는 사람들, 원하는 경험을 거짓말처럼 돌려줬다. 운명이란 게 있다면 캐나다에서 사는 게 인생 제2막의 운명이라고 믿어질 만큼. 그러나 여기엔 영주권, 진로 등 삶의 큰 문제들이 섞여 있었고 인생이 걸린 결정을 내리기까지 남은 시간은 단 6개월뿐이었다.

타이슨은 아주 오랫동안 지속적으로 동거를 부추겼고, 나는 결국 충동적으로 동거를 약속해 버리면서 계약이 끝나가는 월세 계약을 연장하지 않았다. 결국 그와 헤어지게 되고, 또다시 이사 갈 집을 며칠 안에 급히 찾아야 했다. 지난 여름의 악몽이 생각났지만 이번엔 불평하지도 불안해하지도 않았다. 반드시 잘된다는 믿음이 있었기 때문이다. 문제가 있어도 결국 다 해결될 거고, 안 좋은 일이 생기면 그 일은 더 좋은 일을 만들어 낼 거고 과정에서 무슨 일을 겪든 '항상 더 잘되고, 더 잘살아'는 스스로 정한 나의 운명이었다.

이곳에서 겪은 수많은 불안감, 외로움, 불안정한 내 상황, 힘든 인간관계에서 살아남고 아픔이 없었다면 얻지 못했을 최고의 보상은, 바로 '어떤 상황에도 웃을 수 있는 태도'였다. 나쁜 일이란 사실상 없다는 삶의 놀랍고 아름다운 비밀. 그래서 웃는 태도. 고로 나는 항상 웃었다. '좌절은 개나 주어라.'

어느 날 저녁, 퇴근 후 집에서 쉬려 하는데 애셔가 공원에서 같이 포이[18]를 해 보자고 했다. 어두운 밤 강물에 출렁이는 도시의 불빛을 보면서. 포이를 하는데 줄이 자꾸 꼬여 버렸고 이번엔 그가 내 손 위에 그의 손을 포개어 함께 돌리는데도 자꾸 공에 맞아 버리자, 미안하다며 나를 덥석 끌어안았다. 그렇게 우리는 한 손이 되어 포이를 돌리고 같이 공에 맞다가 깔깔 웃었다. 수줍게 나를 끌어안는 그가 귀여워서 그에게 일부러 두었던 거리는 나도 모르게 좁혀져 버렸고 내게 내민 그의 두 손을 잡고 음악에 맞춰 빙글빙글 돌며 춤을 췄다. 순수한 그의 눈동자에 담긴 내 모습을 보면서. 그는 자유롭고 순수한 영혼이라고 표현할 만한 캐릭터였고 그와 같이 있으면 내 얼굴도 자유롭고 순수한 표정을 지었다. 어떤 제약이나 통제가 없는, 방랑하며 사는 듯한 그 에너지가 종종 부러워서 그것을 훔쳐가려 했는지도 모른다.

---

18) 빛이 나는 저글링 공.

한참 포이를 가지고 놀다가 강 건너편에서 빛나고 있는 다운타운의 건물들을 보자 갑자기 모든 게 비현실적으로 느껴졌다. 이 새로운 도시가 내가 사는 곳이라는 게. 특별한 경험들. 함께한 사람들. 이곳에서 갖게 된 내 새로운 삶. 전부 다. 돌연히 모든 게 다 꿈인 것처럼 느껴졌다.

　2022년 10월 20일 목요일 일기
　익숙해지지 말자. 익숙해지는 것이 감동의 가장 큰 적이다.
　익숙해지는 순간, 무뎌질 것이다. 무뎌지는 순간, 삶은 습관이
　될 것이다.
　삶이 습관이 되는 순간, 내 삶은 사실은 이미 죽은 거야. 그러니
　익숙해지지 말고, 계속 모험하자.

　한편, 중고 거래를 하다 만난 사람은 우연찮게 내 첫 번째 게이 친구가 되었다. 빨간 머리에 립스틱을 바르고 방울 모자를 쓴. 정말 특이했던 그는 내가 격 없이 대하는 게 좋았는지, 인디 밴드의 공연을 진행하는 재즈 바에 가자고 했다. 그곳은 기타, 드럼, 콘트라베이스의 소리가 흘러나오고 머리에 장미를 꽂은 여자, 빨간 셔츠를 입은 할아버지, 제임스 딘을 모방한 남자가 여자와 함께 영화처럼 춤을 추고 무엇보다 내가 주문한 칵테일의 이름은 밥 딜런의 노래, 'All Along the Watchtower'였던 그런 곳이었다.

　그러나 다음 날은 '월요일'이었다. 사람들은 대게 일요일 밤엔 외출을 삼가고, 다음 날을 기대하기보단 두려워한다. 밤 11시, 12시가 지나갈

때 바는 점점 비어 갔지만 나와 친구는 모든 공연이 끝날 때까지 자리를 떠나지 않았고 마침내 피날레 연주가 나올 땐 친구와 스테이지로 튀어 나가 모르는 사람들과 춤을 추며 마지막을 장식했다. 내일이 월요일인 건 중요하지 않았다. 중요한 건 지금이고, 할 수 있는 모든 것을 '지금' 에 쏟아부어야 했다.

예전의 나였다면 약속을 잡지도 않았을 것이다. 다음 날을 위해, 혹은 미래를 위해 현재는 늘 절제되었다. 하지만 내일을 위해 오늘을 희생한 다 해도, 내일은 또다시 오늘이 된다. 그러니까, 결국은 '오지 않는 날' 을 위해 살고 있었다. 평일을 주말을 기다리는 날들로 제한해 버리면 자 유로운 날이란 인생의 7분의 2, 고작 35%밖에 되지 않는다. 그러므로 매일매일 충실히 즐겨야 했다. 미국인들은 일하기 위해 살고, 프랑스인 들은 살기 위해 일한다고? 나는 이제 단지 사는 것(live)이 아니라 살아 있고(alive) 싶었다.

공연이 끝나고 밖으로 나오니 비가 쏟아지고 있었다. 밤 하늘이 하염 없이 내리는 빗소리가 바로 공연의 진정한 피날레였다. 마침 우산이 없 는 것에 기뻐한 채 새벽 1시 반, 쏟아지는 비를 온몸으로 맞으며 거리를 뛰어다녔다. 마치 영화 'Singing in the Rain'의 장면처럼 집으로 가는 거 리, 끊임없이 춤사위를 그리며, 퍼붓는 빗속에서.

뒤에서 헐레벌떡 쫓아오던 친구는 그런 내 모습에 환호성을 지르며 동영상을 찍었다.

"너 진짜 아름다워."

나는 빗속에서 한껏 춤사위를 펼치다 그를 향해 소리쳤다.

"자유~!"

집에 가서 침대에 눕고도. 새벽 4시가 되고도. 행복한 이 기분을 재우고 싶지 않아서 피곤해도 잠에 들지 않았다. 다음 날은 월요일, 7시에 일어나 평소보다 이른 출근을 해야 하지만 마치 내일이 없는 것처럼. '아니지, 내일이란 존재하지 않으니까 지금의 행복은 지금 다 누려야 한다.' 고 내 마음이 외치고 있었다. 오랫동안 달리는 것에 치중해 쉬어갈 줄도, 지나가는 풍경을 즐길 줄도 몰랐던 삶에 억압받은 시간이 분하다는 듯이.

밴쿠버에서 처음 맞는 핼러윈. 2022년 10월 말, 핼러윈 파티가 열리기 시작했다. 퇴근 후 비에 흠뻑 젖은 옷을 벗고 코스튬을 입은 채 3달 전 택시 사건이 있었던 그곳, Library Square Pub으로 향했다. 나를 택시에 밀었던 그 남자를 혹여 다시 보지 않기를 바라며, 무사히 지나갈 밤이 되길 바라는 마음으로. 그러나 동시에 무슨 일이든 벌어질 거라는 걸 어렴풋이 알고 있었다. 그것이 무엇인지 걱정하는 동시에 무척이나 기대하면서.

아니나 다를까 DJ 앞에서 춤을 추고 있는데 누군가 뒤에서 내 어깨를 톡톡 쳤다. 뒤돌아보니 라이가 어색하게 인사했다. 중요한 조언을 줬지만 언행이 마음에 들지 않아 차단했던 바로 그 남자 말이다. 그를 보자

심장이 떨어질 듯 놀랐으나, 아무렇지 않은 척 반갑게 포옹하며 인사를 나누고 재빨리 머리를 굴렸다.

"내 인스타그램이 해킹당해서 너 계정이 사라졌어. 너 계정이 뭐였더라?"

분명히 변명인 줄 알았겠지만, 다행히 그는 내 거짓말에 반문하지 않았다.—위기에 발 빠르게 처신 성공—담배를 피러 가자는 그와 밖으로 나서는 길, 그의 등 뒤에서 신속히 차단을 해제하고 다시 그를 팔로우하는 것 또한 성공했다.

그를 처음 봤을 때 가졌던 혼란감, 불안감, 외로움을 벗어난 나의 달라진 분위기를 느꼈던 건지 그는 담배를 피우다 말고 말했다.

"너 지금은 훨씬 나은 정신을 가진 것처럼 보여."

"네가 그때 봤던 나는 내가 아니야."

다시 술집에 들어가 춤을 추는데 그가 나를 부르더니 테킬라 샷을 마시자고 했다. 술에 과하게 취하고 싶지 않아 거절했지만, "Come on, it's a party!"라는 말은 너무 강력한 어구다. 한 샷만 마시자며 그와 함께 바텐더에게 가서 테킬라를 받는데 갑자기 그가 물었다.

"너한테 뭐 좀 말해도 돼?"

느낌이 쌔했다. 그래도 내 생각을 의심했다. 에이, 설마 파티하는 도중에 고백하진 않겠지.

"응, 말해."

"나 너 좋아해."—아이고, 머리야.

"뭐? 너 여자 친구 있잖아. 심지어 너가 여자 친구랑 같이 찍은 사진에 좋아요도 눌러 줬는데."

"헤어졌어."

"아 뭐야. 너네 막 헤어진 거잖아. 최근에 이별했는데 어떻게 날 좋아한다고 할 수 있어?"

"내가 연락처를 물어봤던 그때부터 널 좋아했어. 전 여자 친구랑은 어쩌다 보니 사귀게 된 거고."

이토록 가볍게 연애를 시작하고 가볍게 끝내고 다시 또다른 가벼운 연애를 시작하고…. 어떻게 생각하냐는 그의 질문에 모르겠다며 얼버무리고 그의 뜬금없는 고백은 잊어버린 채 새벽이 깊도록 춤추는 데 집중했다. 이제 집에 가기 위해 밖으로 나가는데 그는 함께 나서며 굳이 걸어서 5분이면 가는 집을 운전해서 데려다주겠다고 했다. 오랜만에 만난 그와 근황이나 나눠 볼까. 어쨌든 차에 올라타자 그가 물었다.

"그래서 어떻게 생각해?"

전혀 아무 생각이 없었다.

"난 핼러윈 파티가 끝날 때까지 아무 생각도 안 하고 파티만 즐길 거야."

그는 이 상황을 재미있어하는 내 미소가 호감의 신호라 생각했는지 자기와 키스한 뒤 생각해 보면 어떻겠냐고 제안했다. 그의 제안을 듣고도 마냥 웃고만 있는데 갑자기 이번엔 내가 좋아하는 음악을 틀고 다운타운을 드라이브하자고 했다.

"내가 너를 좋아하는 이유 중 하나는 나와 닮았기 때문이야. 나도 약간 미쳤거든, 너처럼."

100km 이상의 속도를 내며 다운타운 한복판의 도로를 질주하기 시작한 그는 고막이 터질 만큼 음악을 틀었고 나에게 좋아하는 음악들을 틀어 보라고 했다. 그래서 이 노래를 골랐다.

'California Dreamin'

"Stopped into a church. I passed along the way. Well, I got down on my knees. And I pretend to pray."

나는 감기에 걸려 쉰 목소리로 샤우팅까지 하면서 어느새 그보다 더 신이 나 있었다. 우리는 그렇게 새벽 4시, 귀가 터지도록 락 음악을 틀고 아무도 없는 다운타운의 거리를 가로지르며 놀았다. 술기운에 서로 은밀한 집안 상황까지 공유하면서. 그렇게 잔뜩 대화를 나누다 보니 그는 생각보다 나와 닮은 점이 많았고 이제 그가 가까운 친구처럼 느껴지며 정마저 들려고 하는 시점이었다. 다운타운의 이 끝에서 저 끝까지 질주하다 집에 도착했을 때, 키스해 보면 느낌을 알지 않겠냐며 그가 다시 제안했다.

"그래."라고 대답한 뒤, "근데 그냥 가벼운 뽀뽀 정도만."을 말하려 했으나 이미 너무 늦었다. "그래."라는 대답을 듣는 즉시, 그의 혀는 이미 내 입술 안 깊숙한 곳에 도착했다.

"음. 나쁘지 않네."

어떻게 하면 그를 친절하게 밀쳐낼 수 있을지, 또 한 번 엎혀진 (그놈의) 남자 문제에 골치가 아팠다. 나도 모르는 사이, 얼떨결에 바람둥이가 되어 버린 이 생활을 어떻게 해결해야 할지는 더욱 미지수였다.

다음 날이 되고, 친구 가브리엘의 스쿨 파티에 다시 한번 따라갔다. 담배를 피우고 소파에 뻗어 있다 집에 돌아간 그 학교, 그곳에서 한 달 전쯤 만났던 애론을 다시 만났다. 그는 나를 발견하곤 반가운 얼굴로 덥석 안더니 내가 그리웠다고 말했다.

"정말? 나 그날 만신창이가 돼서 집에 일찍 가 버렸는데? 내 이름이나 기억해? 우리 그날 별로 대화도 못 했잖아."

"당연하지. 제시잖아. 한국어 이름은 기억 안 나."

"윤정이야."

"윤정! 물론 너의 원래 이름이 훨씬 좋아."

한 달 전 파티에서 그루브 매탈 밴드 Rob Zombie 티셔츠를 입은 그를 보고, 나는 살면서 처음으로 먼저 말을 걸었다.

"안녕! 너 Rob Zombie 좋아해? 나도 메탈 사랑하는데."

그는 메탈과 거리가 무지 멀어 보이는 동양인 여자가 그 밴드를 알아봤다는 것에 놀랐고, 그와 락에 대해 얘기한 게 전부였다. 다시 만난 그는 지나칠 만큼 솔직하게 당시 내가 신데렐라처럼 떠났던 게 아쉬웠고, 내게 관심이 있다고 말했다. 나는 갑작스레 다가오는 그의 존재에 당혹스러웠다. 물론 그날 이후에도 그가 궁금하다는 느낌이 아주 가끔 들긴 했지만. 한바탕의 미친 연애가 끝나고 드디어 방황할 수 있는 몸이 되었는데 기다렸다는 듯 다른 남자들이 내 옆자리에 앉으려 한다.

그 순간, 마치 누군가 짜놓은 각본처럼 '띵' 타이슨에게 문자가 왔다.

"계속 너를 생각하고 있어. 너가 많이 그리워. 다들 여자 친구 어디 갔냐고 물어봐. 우리가 그렇게 헤어진 건 정말 유감이야."

기가 막힌 타이밍에 감탄하며 건배를 올렸다.

"오직 나를 위한, 나다운 인생을 위하여."

Ch. 5
Milestone

10월 중순, 새로운 집을 구해야 하는 난처한 상황. 그러나 경쟁자들 사이에서 850불[19]의 마스터룸에 들어가는 행운은 나에게 왔다. 다 잘되고, 더 잘된다는 확신이 다시 한번 증명되고 자주 찾아오는 위기는 이제 내 친구라고 부를 수도 있을 것 같았다. 위기는 해결될 뿐 아니라, 결국엔 더 나은 결과를 만든다는 점에서 행운의 다른 얼굴이었다. 일하던 술집을 그만둔 위기는 헤매던 끝에 '워킹홀리데이 신분'으로 어학원의 일을 얻어내게 했고, 갑자기 집을 옮겨야 하는 위기는 오히려 마스터룸을 들어가고, 드디어 방다운 방에서 살 수 있게 해 주는 기회가 되었다. 고작 5개월 산 캐나다에서 벌써 3번째 집이었고, 이사는 즐거움과는 확실히 거리가 아주 먼 일이었으나 세상을 유랑하는 숙명으로 여기자고 이사 전날 Voyager[20]라는 타투를 새겼다.

이사를 할 때마다 짐을 줄이는 건 불평하는 마음을 깨끗이 비우는 작업이기도 했다. 톨스토이는 '자유롭게 살고 싶거든 없이도 살 수 있는 것을 멀리하라'고 말했다. 이국 땅에서 모든 게 100% 마음에 들 수는

---

19) 일반적으로 화장실이 딸린 안방의 개념인 마스터룸은 $1600 정도가 기본 시세다.

20) 항해자, 여행자라는 뜻이다.

없는 법이었다. 직장, 집, 월급, 환경, 인간관계, 생활비, 사회적 지위 등 등 한국보다 나쁜 점을 생각하면 끝이 없었고, 단 한 가지만 생각해야 했다. 1. 지금 2. 이곳에서 3. 행복한가. 복잡한 상황에서 단순한 시각을 유지한다는 건 세상에서 가장 어려운 일 중 하나였으나 알고 보면 없이 도 살 수 있는 게 대부분이며, 삶에서 가장 중요한 것들은 이미 가졌거 나, 갖춰 가고 있었다.

그렇게 욕심을 비우고 우선 현재의 삶을 아쉬운 그대로, 그냥 즐겁게 살아 보자며 짐을 싸기 시작했다. 욕망을 털어내자 정리된 건 단 두 개 의 캐리어와 큰 쇼핑백 한 개, 이것이 내가 가진 모든 거였다. 그렇게 정 리된 적은 짐들을 보자 깨달았다: 이곳에서 내가 얼마나 가볍고 자유로 운지. 그래서 단순한 행복을 되찾을 수 있던 걸까.

이사 하루 전날에야 비로소 짐 싸기를 시작하고, 이사 당일마저 정상 출근을 하고, 저녁 9시즈음 드디어 새 집에 도착했다. 다운타운 아파트 의 비좁은 방들을 거쳐, 큰 하우스의 마스터룸에 도착하고 나의 얼마 없 는 짐들을 내려놓자 캐나다에 온 후 5개월, 마침내 '집에 있는 기분'을 소유했다. 이제 진짜 나만의 보금자리가 생긴 것처럼 나의 캐나다 삶도 힘든 날들을 거쳐 조금은 자리를 잡아 가는 듯했다. 하지만 이제 1년의 비자는 어느덧 절반, 반년으로 줄어 있었다. 이제 남은 시간이 얼마 없 었다.

11월로 넘어가자 Raincouver라는 도시의 별명답게 매주 비가 내리고,

급기야 폭설이 내리는 캐나다의 겨울이 시작되어도, 여름 날의 푸른 밴쿠버는 사라졌어도, 나는 관광객이 아닌 거주자의 시선으로 비가 오는 이 도시를 더욱 사랑하고 있었다. 아파트를 벗어나 생전 처음으로 살아 보는 하우스. 한국의 편리함과는 더욱 멀어졌지만 이 새로운 생활에 무척 만족했다. 생산성, 효율성과는 명백히 멀어진 대신 여유롭고 태평한 삶의 매력이 조금씩 보이기 시작했다. 한국에서 당연하게 여겼던 것들—모든 가정에 보급된 디지털 키, 보일러를 돌리면 바로 뜨거워지는 방바닥, 호스 달린 샤워기와 샤워 부스, 5분마다 오는 지하철과 버스, 로딩을 기다린 적 없던 세계 1위의 인터넷 속도, 즉시 문제를 처리해 줄 전화 서비스 (이곳은 종종 전화를 받지도 않는 친절한 서비스다.)—이 캐나다에서는 당연하게 없었다.

처음엔 '이렇게 느린데 나라가 어떻게 굴러가지?' 남몰래 감탄했는데, 이렇게 느려도 잘만 굴러가는 걸 보고 다시 한번 감탄했다. 그렇기에 캐나다인들은 서두름과 조바심이 없는 삶을 지켜 낼 수 있었다고, 나는 그들의 느림을 비로소 이해했다. '더 빨리, 더 많이'의 방향성은 숫자로 표현될 수 있어 매력적이고 그래서 치명적(fatal)이다. 한국인들은 얼마나 숫자로 위협받는가: 내 수능 등급이, 내 학점이, 내 나이가, 내 연봉이, 내 집 평수가, 내 재산이. 캐나다는 보다 숫자와 멀었고 특히 '시간'에 관대했다.

나는 그 답답함을 받아들일 수 있는 느긋한 인간이 되고 싶었다. 버스는 1시간에 4번씩만 오고, 근처에 편의점은 찾아볼 수 없으며, 가장 가까운 식료품점은 걸어서 25분 거리에 있는 그것을. '이게 딱 캐나다 야.'—장을 보러 먼 곳에 있는 마트에 갔다가 30분 뒤에야 온다는 버스를 무시하고 줄줄 내리는 비를 맞고, 질퍽거리는 장화에 아파하고, 그렇게 걸어가며 생각했다.—'It is what it is'[21] 그럼 뭐 어때. 좀 늦어지면 어때, 좀 느리면 어때, 좀 불편하면 어때, 좀 힘들면 어때. 내 사고관은 명백히 바뀌어 가고 있었다.

이제 반년 남은 비자 종이를 바라보며 지난 반년의 시간을 돌아봤다. 인생에서 가장 아프고 가장 힘든 시간이었다. 그런데 동시에 가장 행복한 시간이었다는 역설에 그건 내가 나로서 살 수 있었기 때문이라는 걸 깨달았다. 이곳은 '다르다'는 기준이 거의 존재하지 못한다. 여긴 다 다르기 때문이다.

전세계 모든 나라, 모든 인종이 섞여 있어서 기준을 정할 수도 없고, 각자 생긴 것이 다른 만큼 사는 것도 다르다. 다 다르니까 다르다고 흉보지도 못한다. 나는 '누군가'가 되어야 할 필요가 없었고 그래서 처음으로 내가 되어 살았다. 나를 보고 달라졌다며 캐나다 문화에 영향을 받은 거냐고 오해하는 사람들도 있었다. 나는 그 질문에 재질문 했다.

"캐나다 문화? 캐나다 문화가 뭔데?"

여러 문화가 공존하는 게 캐나다라서, 캐나다 문화는 그냥 '네 자신'으로 존재하라 말한다.

---

21) 캐나다 사람들이 자주 하는 말로 '어쩔 수 없지. 뭐.' 같은 말이다.

"사람 사는 거 어딜 가나 다 똑같아."

아빠는 말했지만 다문화 도시에서 살아 보니 사람 사는 건 다 달랐다. 그래서 나 또한 나로서 살았다. 균일화된 사회, 문화를 떠나 나의 목소리에 귀 기울일 수 있는 자유를 가지고. 캐나다 속 나는 하나부터 열까지 불안정했지만 오직 '나답게 산다'는 이유로 가장 좋은 삶을 살고 있다고 말할 수 있었다. 처음엔 연속되는 난고에 다음 달 돌아가 버리고 싶던 마음이 3개월만 더, 반년 더 살자, 비자 기간 1년은 다 채우자로 돌변하고 귀국을 거부하며 방황하던 고민은 '캐나다에 눌러앉기'라는 도착지에 다가서고 있었다. 목표와 계획 없이 '방황하기' 실험이 아이러니하게도 정착이라는 목표를 낳아 버린 것이다.

그런데 걸림돌이 있었다. 캐나다에서 정착하려면 바닥부터 다시 시작해야 했다. 캐나다 내의 별다른 경력도 없을뿐더러 한국에서 영문학을 전공한 학력과 영어 강사라는 이력은 원어민들 앞에선 쓸모가 없었다. 그러나 이 사실을 역으로 이용해, 이참에 기존의 학업과 커리어를 버리고 처음부터 원하는 걸 다시 배우자고 결심했다. 걸어왔던 길이 마음에 안 든다면, 모든 걸 다시 시작하더라도 내 마음이 향하는 새로운 길로 다시 출발하자고.

〈실험 1/2 보고서〉

　반년 동안 어디로 향하는지 알 수 없는 길을 무작정 오다 보니 첫 이정표가 보였다: '캐나다에서 살기.' 0부터 시작해야 된다는. 어쩌면 그 부담 때문에 캐나다에서 영주권을 받겠다는 고민을 회피했는지도 모른다. 그런데 가만히 생각해 보니, 다시 0부터 시작할 지점을 찾기 위해 캐나다행 비행기에 오른 것이다. 사실 0부터 시작하면 어떤가. 빠르게 성공해야 될 이유가 없다. 느리게 해도 된다. 빠른 게 아니라 맞는 게 중요하다는 걸 배웠다. 빠른 성공에 대한 욕심은 주입된 것뿐이었다는 것도. 통장 잔고가 조금 줄어든다고 생활에 당장 문제가 생기지 않는다는 것도. 더 좋은 삶을 열 수 있는 기회, '때'는 숫자로 교환할 수 없다. 고로 지금이 타이밍이다. 두 번 다시 찾아오지 않을.

　캐나다에서 뭐하고 살까? 백지 상태에 놓인 나는 공인 회계사가 되어 보자는 전혀 다른 진로를 도전해 보기로 결정했다. 회계는 그동안 공부해 온 인문학과 정반대의 분야였고 최소 5년의 학업과 2년의 최소 경력을 마친 후에야 공인 회계사 시험을 치를 수 있는 머나먼 길을 생각하면 망설여졌지만 지난 반년의 실험이 용기를 주었다: '그냥 하면 된다.' 마음이 향하는 곳이 내 길이고, 예상치 못한 변수가 생길 때도 가다 보면

90

막다른 골목에서 또 길이 나오기 마련이었다. 무엇보다 현실에 맞춰서 정하는 길은 언뜻 보기에 쉽고 빠른 길일지라도 알고 보면 가장 돌아가는 길이었다. 중간 기점을 지나자 얻은 뜻밖의 미션, '캐나다에서 회계사 되기.' 그러나 남은 반년 역시 불확실한 물음표로 살아야 했다.

이제 밴쿠버는 낯선 도시라는 타이틀을 벗어나 또다른 의미들이 더해지고 있었다. 새 출발의 시작이자, 새로운 삶의 고향, 커리어도 인간관계도 라이프 스타일도 다시 만드는 그런 도시로.

공인 회계사가 되는 과정을 조사하고, UBC[22]에서 학업을 시작하기로 결정한 후부턴 급격히 바빠지기 시작했다. 매일 밤 술을 먹고 파티를 찾던 여름날이 기억나지 않을 만큼 일상은 새로운 모습으로 조금씩 바뀌어 갔다. 풀타임으로 일하는 동시에 아이엘츠 공인영어 시험을 비롯해 서둘러 입학 신청을 준비해야 했는데 갑자기 바빠진 일상과 코앞에 닥친 시험에 걱정과 불안이 마음 한구석에서 자꾸 부풀어 갔다. 다시 예전의 내 모습처럼.

아이엘츠 시험이 코앞이지만, 퇴근 후 잠깐 보자고 하는 라이―그는 결국 친구가 되었다―를 만나서 여러 대화를 나눴다. 내 불안을 눈치 챈 그가 말했다: "To me, life is fun or not fun." 며칠 뒤 애론 역시 거짓말처럼 같은 말을 하자 소름이 끼쳤다.

"너는 하루를 어떻게 평가해? 0부터 10점을 매긴다면, 나는 항상 0점

---

22)   University of British Columbia의 약자; 브리티시 컬럼비아 대학교.

아니면 10점이야.”

그들은 놀랍도록 지극히 단순한 시각을 가지고 있었다. 재미있거나, 재미없거나. 0점이거나 만점이거나. 인생은 '잘하고 못하고'의 게임이나 목표 달성에 대한 성공 실의 시험이 아님에도 수능 등급으로 대학이 결정되듯, 특정한 기준으로 현재를 점수를 매기며 살았다.

이제 나도 새로운 기준을 가져 보기로 했다: 단순한 한 가지 질문만 던져 보자, Good or Not Good? 생산성, 완벽주의, 욕심에 찬 가치관으로 인해 삶이란 이미 완벽한데 자꾸 오해를 받는 건지도 몰랐다. 어차피 완벽한 하루란 존재하지 않았고, 그래서 좋았으면 된 거라는 태도는 어쩌면 당연한 거였다. 다만 할 수 있는 노력은 다했던 5일이 지나고, 당일 날엔 그냥 모든 것을 즐기겠다는 태도로 시험장에 갔다.

점수가 안 나오면 다시 보면 되는 거였고 그래서 입학이 늦춰지면 늦게 시작하면 되는 거였다. 뜻이 있다면 항상 길이 있는 법이고, 최악의 시나리오도 알고 보면 그다지 별것도 아니었다. 가끔씩 혹은 꽤나 자주 스스로를 걱정에 가두는 유일한 감옥은 바로 '내 마음'이었다. 실패나 실수는 문제가 아니었다. 그것을 받아들이지 못하는 게 문제였다. 홀가분하게 시험을 치르고 며칠이 지나자 결과가 나왔다. 놀랍게도 기대조차 하지 못했던 최상위 점수로. 그후 얼마 지나지 않은 어느 주말 아침, 갑자기 일하는 학원의 상사 원장님에게 이런 전화를 받았다.

“앞으로 너가 아이엘츠 강의 맡아 보면 어때?”

어학원의 리드 강사 선생님이 부친상을 당하고 갑자기 아일랜드로 돌아가게 된 소식을 전하며 아이엘츠 결과가 좋으니 앞으로 내가 수업을 맡는 게 어떨지 제안하셨다. 그렇게 나는 원어민들이 넘쳐나는 캐나다에서 불가능하다고 여겼던 어학원 강사가 되고 말았다.

하지만 이 일은 잘할 수는 있어도, 좋아할 수 없는 일이었다. 한국에서 그만둔 일을 다시 하게 되고 마치 내 인생이 제자리걸음을 하고 있다고 느껴지자 진로 고민은 완벽히 해결되었다. 다른 길로 가야 한다. 이제 실험은 '도전'이라는 큰 이름으로 흘러가고 있었다.

한편, 핼러윈 파티에서 다시 마주친 애론과 매주 데이트를 하게 되고, 우리는 서로의 비슷한 취향이나 생각에 매주 놀랐다. 시끄러운 락 음악을 틀고 괴짜 같은 생각을 말하고, 그는 이해할 수 있는 유일한 사람이라는 게 내 마음을 열어 주었다. 그렇다고 그와 연애할 마음은 있던 건 아니었는데, 한 달즘 지나자 그는 우리가 Exclusive하냐고 물었고, 그후 얼마 지나지 않아 공식적인 여자 친구가 되어 달라 할 때는 이미 진퇴양난이었다. 다시 연애가 시작되었다. 한 시간마다 보내 줘야 하는 답장, 매일 밤 잘 자라고 해야 하는 의례적 인사, 주기적으로 지켜 줘야 하는 데이트와 섹스.

무엇보다 연인 관계란 나의 자유분방한 삶을 가로막을 수 있는 가장 큰 장애물이었다. 새로운 사람들이 있는 곳으로 향하고, 때론 위험한 모험이 될 것 같은 데이트를 즐기며, 미친 사건들도 마음껏 겪을 수 있어야 하는데 남자 친구가 생기면 항상 비슷한 듯 보이는 제한적인 일상에 갇혀 버리고, 하고 싶지 않은 것도 해야 한다는 점에서.

　그는 엉뚱하지만 훌륭하다고 불릴 만한 독특한 사고관, 그리고 괴상하다고 불릴 만큼 남다른 취향을 갖고 있었고 그래서 그의 것들을 알고 싶다는 이유로 결국 두 번째 연애를 하게 되었다. 하지만 나는 감정이 생길까 싶다가도 좀처럼 깊어지지 않는 반면, 상대는 자꾸만 한 발자국씩 나아갔고 그러면 상대방과 격차가 생기고, 애써 마음에 없는 것들을 해 줘야 하는, 또다시 '상대를 위한' 행동이 반복되고 있었다. 그와의 연애를 후회하고 있을 무렵, 크리스마스와 연말 연휴 기간이 되고 그는 멕시코 시티로 장기 휴가를 갔다. 그와 몸이 떨어지자, 내 마음은 점점 더 멀어지고 있었다. 그러던 어느 날, 3개월간 보지 않았던 케이에게 연락이 왔다.

　"우리 만나자."

Act II

지금은 12월 31일, 밤 11시 반. 한적한 어느 주택가에 내리자 인적 드문 거리의 건물 안에서는 깜깜한 공간 속에 언더그라운드 파티가 열리고 있고, 우리는 미리 구매한 티켓을 경비원에게 보인 뒤 다 함께 입장한다.

파티를 즐기려 하는데 애셔가 나를 구석에 끌어당기며 조심스레 묻는다.

"너한테 키스해도 돼?"

그래서 나는 짓궂게도 해서는 안 될 질문을 해 버린다.

"나 아직도 좋아해?"

그는 말한다. 그 특유의 귀엽고 수줍은 웃음과 함께.

"응, 좋아해."

이제 새해가 되기 전 10초를 센다.

10. 9. 8. 7. 6. 5. 4. 3. 2. 1.

2023년 1월 1일이 되고 사람들은 새해 기념 키스를 한다. 나는 옆에 있는 애셔, 혹은 남자 친구인 애론이 아닌 다른 누군가를 생각한다.

친구들은 술에 마약을 타기 위해 화장실로 가고, 나는 어둠 속의 사람들을 구경한다. 술에 취한 사람들, 방금 전 만나 키스하는 남녀, 어정쩡하게 춤을 추는 남자들.

잠시 후 돌아온 친구들과 어깨동무를 하며 환호성을 지르고 잔뜩 신이 나 다 함께 끌어안고 춤을 춘다. 분명 술에 취해 다 함께 재미있는 시간을 보내는 듯 보이나 왠지 모를 외로운 마음이 든다.

새벽 3시. 집에 내린 택시 앞에서 애셔는 사랑스럽게 인사한다.

"See you again, loquita."

다음 날 그는 한 발짝 더 나아가려는 듯 보이자, 나는 그와 나 사이에 단호한 선을 긋기로 결정한다.

"우리 그냥 친구 하면 좋겠어."

Ch. 6

Never-ending Drama

    2023년 1월 1일 오후. 상쾌하게 시작한 새해 첫날, 1200불의 수표 사기를 당했다. 수표 입금을 사전에 검사하지 않는 허술한 은행 시스템을 몰랐고, 그렇게 1000불이 넘는 돈을 잃어버렸다. 사태는 여기서 끝나지 않았다. 사기 수표를 입금하자 은행은 내 계좌를 잠가 버렸고, 이를 해결하기 위해 해당 부서에 매일 2시간에서 길게는 4시간씩 대기하며 전화를 걸었는데도 연결이 되지 않았다. 여러 지점을 방문하며 텔러를 찾아갔지만 전화로만 해결된다는 똑같은 응답만 듣다 보니 3주가 흘러갔다. 캐나다 대학 입학에 필수인 영어 시험 결과를 제출하려면 아이엘츠센터에 직접 결제를 해야 했는데 한국 카드는 사용될 수 없었고 은행 계좌는 풀리지 않으니 아무것도 할 수 없었다.

    그렇게 입학 지원이 하염없이 미뤄져 갔다. 신청하는 학기는 5월 학기인데, 벌써 1월 말이었다. 새로운 은행을 찾아 계좌를 개설해도 카드를 발급 받기까지 2주가 걸리는 이 나라에 나는 왜 살려고 하는가. 시간이 지날수록 전전긍긍했다. 가슴 쓰린 사기와 답답한 은행, 느리고 비효율적인 캐나다의 시스템, 대학 입시, 비자 문제까지 실타래처럼 얽힌 문제들. 그렇게 조금씩 불안정한 존재감이 다시 밀려오기 시작했다. 처음 캐나다에 왔을 때, 경찰에게 영문 모를 검사를 당했던 대우처럼 2023년이 되자 이제 드디어 나를 받아 주는 것만 같았던 캐나다가 다시 가혹하게 나를 내치는 듯한 기분이 들었다.

"마치 온 우주가 나의 캐나다 정착을 가로막는 것만 같아."
친구들에게 말하곤 했다. 끝난 줄 알았던 불안증이 다시금 나를 덮쳐 오고 캐나다에서 제2의 인생을 살겠다는 의지는 그렇게 시험을 당하고 있었다. 외국인으로서 내 집 없이, 몇 개월 안 남은 비자와 고물가에 비해 턱없이 부족한 월급. 앞으로 어떻게 될지 알 수 없는 불투명한 미래로 말이다. 그래도 희망찬 긍정감으로 스스로를 다독여 갔다.
'결국 반드시 잘된다.'

남의 나라에서 산다는 것은 결코 낭만적이지 않다. 가족이 없는 곳, 자라 온 배경이 없어 서러운 건 물론이고, 친구들이 있어도 끈끈하고 오래된 친구는 없을 것이다. 그래서 모든 걸 '홀로' 견디며 헤쳐 나가야 하는 게 해외 생활이다. 하지만 덕분에 나는 점점 단단하고 강해져 갔다. 은행에 여러 번 찾아가 호소한 끝에 잠겼던 계좌는 다시 풀려났고 서류를 받은 UBC는 입학 허가를 내주었다. 이런 '위기와 해결'이라는 패턴이 반복되다 보니 아주 위대한 진실을 깨달았다. 완전히 내려놓지 않는다면, 걱정할 게 없다는 것을. 그때부터 나는 놀랄 만큼 걱정하지 않고 살기 시작했다.

새해 첫 달이 끝나갈 무렵, 케이를 다시 만났다. 3개월 만에 다시 보는 그와 서로 낯설어하며 밥을 먹고, 어떻게 지냈냐는 그의 질문에 할 말이 없었다.

"항상 그렇듯 드라마지, 뭐."

당시 나는 근교 도시, 빅토리아를 여행한 뒤 막 돌아온 참이었다.

"여행은 어땠어?"

그가 물었다.

—바다를 건너 밴쿠버 아일랜드에 위치한 빅토리아는 그곳에 출장을 간 남자에게 초대를 받고 에라 모르겠다는 심정으로 떠났다. 위험하다는 건 충분히 인지하고 있었다. 나를 좋아하는 듯한 캐나다 남자와 단둘이 2박 3일을 보내는, 어떤 일이든 생길 수 있으나 내 집 아닌 곳임으로 더더욱 조심해야 할 불안한 여행. 떠나기 전부터 나는 남자 친구가 있다며 절대적인 선을 그었으나 그는 때마다 들이댔고, 그러면 한바탕 다툼이 시작되었다.

둘째 날, 그는 이제 내가 싫다고 말했다.

"그 말을 들으니 정말로 기쁘군."

나는 해맑게 대꾸했다.

"너 Antisocial이야? 왜 이렇게 싸이코 같아?"

"난 단지 거울처럼 타인을 비출 뿐이야. 다시 말하면, 난 너의 모습을 반영한 거지."

둘째 날 밤 이렇게 시작된 싸움은 예상 너머로 거세지자 그는 숙소에서 나가라고 했다. (정확히 말하면 꺼지라고 했다.)

"지금 밤 12시 반인데 나가라고? 밴쿠버로 돌아가는 페리도 끊겼는데 나보고 어디 가라고? 여긴 우버도 없는데?"

"그건 네가 알아서 생각해야지."

"네가 나를 정식적으로 초대한 거면 책임져야지. 이 시간에 나를 내쫓으면 어떡하라고."

"책임? 네가 어린애도 아니고, 내가 왜 책임져."

나는 보란 듯이 큰 방에 있는 큰 침대에 대자로 뻗어 누웠다.

"못 나가. 갈 데 없어. 네 탓이야."

다음 날 아침 7시, 숙소에서 나온 뒤 스타벅스에서 여유롭게 커피 한 잔을 마시다 바다와 시내를 구경하고 돌아온 그런 여행이었다.—라고 말할 수는 없었다. "좋았어. 드라마틱했지."

케이의 집에 가는 길, 코트 주머니에 넣은 내 손을 조심스레 꺼내 잡는 그에게 갑자기 새로운 감정이 들었다. 처음으로 느끼는 묘한 긴장이 이상했고, 그러다 설레기까지 하는 감정에 당혹스러웠다. 남자들의 키스에도, 마음 담긴 고백에도, 나를 보는 사랑스런 눈빛에도, 차가운 내 손을 잡고 호호 불어주는 따뜻한 입김에도, 나는 항상 남자들에게 아무것도 느끼지 못했고, 혼자서 진도를 나가는 그들이 짜증 났다. 자기들이 무언가를 느낀다고 해서, 나도 그들과 비슷하게 느끼고 있다고 착각하는 게 싫었다. 자신이 원한다 해서, 상대방도 원하는 건 아닌데. 네가 나를 좋아한다고, 나도 너를 좋아하는 게 아닌데. 그들의 속도로 나를 끌고 가며 '너도 좋지' 하는 웃는 그들의 얼굴이 짜증 났고 어쩌면 질투도 난 것 같다. 나는 감정을 느끼고 싶었고, 별다른 감정이 없는 케이의 얼굴이 마치 나 같아서 난데없이 입장이 바뀌었나 보다.

확실하게 설명할 수 없는 복잡한 감정 속에서 확실한 한 가지는 진지할 수 없는 대상인 케이에게 끌린다는 것. 그는 집에 가자 내 손을 잡고 머리를 쓰다듬기 시작했다. 나는 새로운 감정에 거꾸로 슬퍼졌다. 규정되지 않은 관계로 마치 연인처럼 행세할 수 있는 이상한 이곳의 문화, 그리고 케이와 나는 가장 이상한 관계가 된 것 같았다. 누가 '무슨 관계야?' 물어본다면, '사귀지는 않는데 사귀는 사이처럼 다 할 수 있어, 여긴 다들 그러잖아? 그러다 멀어지지. 근데 나랑 케이는 왜 계속 만나지? 그렇다고 어딘가로 진전되는 것도 아니야. 이건 엔조이일까? FWB[23]일까?' 그는 아무것도 몰랐으나 바람 피우는 대상이 될 시기가 될 때, 하필 내게 누군가가 있을 때 나를 찾는 나쁜 사람이라며 괜히 모든 원인을 그에게 돌리기로 하고 이 알 수 없는 감정은 나만 위해 즐기기로 했다.

다음 날, 나를 그의 학교 파티에 데려가며 애론의 얼굴엔 행복한 미소가 끊이지 않았다. 그를 보며 느낀 건 내가 그에게 갖는 감정과 그가 나에게 갖는 감정의 차이가 너무 크다는 것. 그리고 그것은 불편하다는 것. 그를 떠나야 한다는 것. 그러나 얼마 후 나를 처음 그 학교에 데려갔었던 친구 가브리엘에게 충격적인 소식을 듣게 되었다. 그것은 애론이 멕시코에서 크리스마스 휴일을 보내는 동안 어떤 여자를 만났다는 이야기였다. 그리고 그 여자에게서 동물 조각들을 받아 왔으며, 그도 올해

---

23)   Friends with benefit이라는 뜻으로 친구 사이지만 섹스를 하는 관계를 의미한다.

밴쿠버에 올 거라는. 애론이 친하게 지내는 학교 친구에게서 들었다며 친구는 믿어도 되는 소식이라고 조심스레 말했다. 순간 두 가지 생각이 스쳐 지나갔다.

첫 번째, 애론이 그 동물 조각 중 하나를 내게도 주었는데 만약 바람 피운 여자에게 받은 물건을 내게 준 게 사실이라면, 그는 정신 이상자 다. 아무리 바람이 철면피를 쓰고 피우는 거라지만, 바람 피운 여자와 관련된 물건을 여자 친구에게 주는 사이코패스는 아닌 게 분명하다.

두 번째, 이 소식을 전해 줬다는 친구가 의심스러웠다. 나와 사귀는 것을 모두가 아는 시점에서 애론이 스스로 바람 피운 사실을 그녀에게 밝혔다는 것도 나도 받았던 그 동물 조각이 다른 여자에게서 왔다는 것 도 그 친구가 애론을 좋아하는 게 아닐까 싶었던, 이전에 목격한 그녀의 묘한 느낌도 실은 내 남자 친구를 좋아해서 거짓말을 하고 있는 게 아니 냐는 결론을 안내하고 있었다.

그러나 실은 그가 바람을 피운다는 게 사실이든 아니든 아무런 감정 을 갖지 않는 내 자신에게 가장 놀라고 있었다. 의심이라는 갈등의 전개 는 그에게 좀처럼 깊은 감정이 생기지 않아 고민하던 내게 결단력을 만 들어 줬을 뿐이었다. 케이를 만나 버린 것. 그리고 어쩌면 애서도 다른 여자와 바람을 피우고 있었다는 정황. 이렇게 가벼운 우리 세대의 문화. 그 속에서 덤덤하다 못해 아무것도 느끼지 못하는 내 자신. 이런 현실이 쓰라려 다급히 소주를 마셨다. 무딘 내 감정은 갈증을 느꼈고 그래서 술 이 필요했나 보다. '느낌의 회복을 위하여.'

또다른 친구의 작별 파티를 위해 들어간 클럽에서 테킬라를 마시는데 누가 내 어깨를 두드렸다. 돌아보니 라이가 서 있었다. '또 이런 타이밍에? 너랑 나는 대체 무슨 인연인 거야?' 라이는 내가 심리적으로 이상해질 때 하늘이 보내는 사람인가 보다. 모두가 귀가하는 새벽 4시, 애프터 파티에 가자고 유혹하는 홍콩계 남자들을 뿌리치고 라이의 담배를 뺏으며 말했다.

"라이야, 나 심리 상담이 필요해."

그래서 그에게 자초지종을 털어놨다. 연애할 마음도 없었으면서 멍청하게 애론과 사귀게 된 이야기, 케이에게 들었던 낯선 감정, 남자 친구의 바람 가능성…. 라이는 이런 드라마를 아주 담담히 듣다가 이렇게 말했다:

"나도 사실은 한국인 여자 친구 2명을 동시에 사귀고 있어. 그리고 솔직히 사랑이라는 건 불가능한 개념이라 생각해."

"살면서 누군가를 정말로 좋아해 본 적은 있는 거냐?"—사실은 나에게 하는 질문인 것 같았다.

"당연하지." 그는 발끈하며 말했다.

"이란에서 살 때 몇 년 동안 좋아했던 여자가 있었는데 그녀와 사귄다 해도 아마 바람은 피울 거야. 그 여자도 날 두고 바람을 피울 가능성이 높으니까. 예쁘니까 분명 그러겠지."

입이 벌어지는 그의 주장을 듣고 있는데 마침 그의 여자 친구—두 여자 친구 중 한 명—에게 전화가 왔다.

여자 친구 1: "다운타운에서 술 마시다 이제 집에 가려는데 어디야?"

라이: "나는 집에 거의 다 와 가는데 너무 피곤해서 바로 잘 거야. 집에 조심히 가."

그리고 여자 친구에게 의례적으로 해야 하는 남자 친구의 인사, "사랑해, 잘 자."

어이없는 미소로 그를 쳐다보다 눈이 마주치고, 서로 웃음이 터져 버렸다. 나는 믿지 않는다 했던 'Love'를 아무렇지 않게 내뱉는 그 모습에 웃었고 라이는 아마 민망해서 웃었겠지.

"솔직히 내 여자 친구가 술 마실 때 남자와 같이 있었는지 아무도 모르잖아. 그리고 누가 알아? 지금 남자랑 있을지."

그러니까, 라이의 의견은 우리 세대의 너무 많은 사람들이 바람을 피운다는 거였다. 이전에 그가 전 여자 친구의 바람 사실을 발견하고 상처를 받은 경험을 말하던 게 떠오르고, 그의 바람은 손해도 상처도 입지 않을 그만의 자기 방어로 비쳐졌다. 그 모습에서 아픔을 인정하지 않고, 두려움에 포장된 행복을 믿으며 스스로를 속이는 내 과거의 모습이 보였다. 실패를 두려워하고 사람들이 인정해 줄 성공만 고집했던, 그러므로 행복의 실패라 불릴 수 있는 내 과거 말이다. 어쩌면 사랑 역시 마찬가지의 문제일지도 몰랐다. 상처받지 않을 관계에서 맴돌면, 안전하지만 사랑에는 실패하고 마는. 운명이 장난을 친 걸까, 다음 날 숙취로 끙끙대며 휴대폰을 보니 애론에게 길고 긴 문자가 와 있었다.

수동적이고 차가운 내 연애 태도가 혼란스럽다는 그의 토로였다. (나와 연애하는 건지 모르겠다고 했다.) 기가 막힌 타이밍에 감탄하며 나는 처음으로 솔직하게 답장했다.

"나 사실 별로 연애하고 싶지 않았어."

우리는 대화의 시간을 갖기로 했고, 나는 그와 헤어지게 될 것을 직감했다. 며칠이 지나고, 그를 만났다. 어떻게 그에게 이별을 선언해야 할지 그를 보는 순간 앞이 깜깜해졌다. 나를 보며 환히 웃는, 내가 얼마나 복잡한 인간 상태인지 전혀 모른 채 나를 따뜻이 포옹하는 그를 뻘쭘하게 반기면서.

그냥 털어놔 달라는 그에게 나라는 인간이 연애하기 힘든 이유를 우여곡절 2시간에 걸쳐 설명하자 오히려 내가 연애를 원하지 않는다는 걸 알았는데도 사귀자고 한 것에 미안하다고 했다.

"내 욕망을 감정 없던 너에게 투영한 것 같아서 미안해. 헤어져서 슬프지만 시간이 지나도 서로를 못 잊으면 다시 사귀자."

"그래?"라고 대답했지만 그럴 일은 없을 거라고, 오직 나에게만 말했다. 대화를 끝내고 집에 돌아오는 길, 그가 만든 음악들을 들었다. 바람과 관련된 모든 해프닝은 다 잊어버리고, 애론이라는 한 사람이 내 삶을 스쳐 가며 남긴 의미만 그저 생각하면서.

마침내 다시 솔로가 되었고 때마침 만나자고 연락을 보낸 케이를 보러 갔다. 그를 만나기 전, 무슨 이유인지 몸이 쳐지고 무기력한 마음이 심했는데 목적도 없으면서 그를 왜 또 만나는 건지, 내 감정을 흔드는 그를 거절하지 못한 우유부단함에, 혹은 정의할 수 없는 그와의 관계에

108

심란했던 것 같다.

주말이 되고 밴쿠버의 죽마고우가 되어 준 그레이를 만나 한적한 곳에 위치한 펍으로 향했다. 그가 자주 가서 새로운 사람들을 사귄다는 펍이 있다길래 함께 가자고 졸랐는데, 알고 보니 그곳은 애론과의 첫 데이트 장소였다. 심지어 그날은 같은 요일, 토요일. 운명의 여신은 나를 참 좋아한다. 그와 처음으로 키스를 했던 술집 문 앞을 지나쳐 들어가니 술집은 많은 사람들로 가득 차 시끌벅적한 분위기였다.

그레이와 한참 술을 마시다 같은 테이블에 앉은 낯선 사람들과 어울리게 되면서 한 게임 하자며 당구대로 갔다. 게임을 위해 당구를 치던 두 남자와 합류했는데, 그중 영국인 남자 해리슨이 나에게 관심을 보였다.
"Give me some water, Harry Potter."
나는 영국인이라는 걸 알고 술에 취해 어설프게 영국식 발음을 흉내 내는 등 그에게 헛소리를 지껄였다. 그는 우리가 테이블에 돌아간 뒤에도 내 옆에 앉아 계속 질문을 던지며 대화를 이어 가려 했다. 새벽 2시가 되고, 내 친구를 포함해 하나둘 집에 돌아가는데 그는 명백한 관심을 표현하며 나를 붙잡았고 쌀국수를 먹자는 그를 따라―나는 단지 배가 몹시 고팠다―밖으로 나가니 하늘이 보이지 않을 정도로 눈이 쏟아지고 있었다. 우리는 종아리의 절반이 잠길 만큼 쌓인 눈을 힘겹게 헤쳐 나가며 쌀국수집으로 건너갔다.

술에 취한 우리 둘 사이에는 어느덧 제법 진지한 얘기가 오고 가기 시작했다. 그는 눈시울이 붉거지더니 한때 정말 사랑했던 여자와 이별한 사연을 이야기했고, 나에게 누군가와 사랑에 빠져 본 적이 있냐고 물었다. 그때쯤 나는 라이와의 대화 후 줄곧 사랑이 실제로 가능한 것인지 늘 고민했고 꽤나 영화 속 한 장면 같던, 눈 내리는 그날 밤, 그 질문에 신이 내게 사랑을 가르치려 하는 건지 잠깐 생각했다. 나는 그가 느낀 감정이 어떻게 사랑인 줄 아냐고 물었고, 그는 이렇게 정의했다. "마음의 고통으로."

"자고 일어나도 그녀를 잊을 수 없고 무언가를 먹을 때도, 일을 할 때도, 잠자기 전에도 그 사람을 지울 수 없는 고통이지. 그게 어떤 건 줄 알아? 넌 누군가를 사랑해 본 적이 없는 것 같군."
"나도 첫사랑과 헤어지고 그랬었는데."
"아닌 것 같은데. 한 가지 질문할게. 너는 섹스할 때 눈을 감아?"
"음… 거의 그랬던 것 같은데."
"그럼 넌 절대로 누군가를 사랑해 본 적이 없어. 사랑하면 눈을 마주 보거든."

이 말을 듣자 유독 눈을 마주쳐 달라고 했던 예전 남자 친구 타이슨의 말이 기억났다. 반면 그의 눈을 피하던 내 모습도. 이렇게 깊어져 가는 대화를 나누다 보니 어느덧 새벽 4시가 가까웠는데 아무리 기다려도 우버가 잡히지 않았다. 도로에 눈이 쌓여 자동차가 지나갈 수 없는 사태인데 태평하게 쌀국수나 먹고 있던 거다. 그는 집에 갈 수 없다는 걸 이미 알고 있었고 우버 앱을 붙잡고 있는 나를 웃으며 지켜봤다. 30분이 지나도록 우버를 불러봐도 반응이 없자, 나는 그제야 상황을 파악했다. '오늘 밤 집에 갈 수 없다'는 것을.

　망연자실해하는데, 그는 바로 옆에 있는 호텔에서 자려 하니 같이 가자고 했다.

　"다른 의미는 없고, 눈 오는데 너가 밖에서 얼어 죽게 둘 순 없잖아."

　고민했지만 선택의 여지가 없었다: 밖에서 눈에 쌓여 얼어 죽거나, 위험을 무릅쓰고 낯선 이 영국 남자를 따라가거나. '적어도 후자는 죽는 일은 없을 테니까.' 나는 그를 따라가는 모험을 해 보기로 했다. 바깥에 나가니 바로 옆에 있는 호텔인데도, 눈은 어느덧 무릎까지 쌓여 제대로 걷기조차 어려웠다. 허튼 짓을 하면 호텔 경비원을 불러야겠다고 다짐하며 체크인을 하는데, 다들 귀가를 못 하고 호텔로 왔는지 가장 비싼 방 하나만 겨우 남아 있었다. 다행히 우리는 방에 들어간 뒤 곧바로 뻗어 버렸고 재미있게도 나는 꿈에서 그와 함께 조식을 먹었다. 다음 날, 꿈에서 그러했듯 그와 아침을 먹는데 그는 내가 쓰는 책을 무척이나 궁금해했고 책을 보여 달라는 부탁에 가방 속 들어 있던 나의 샘플 책을 꺼내 함께 내 책을 읽기 시작했다.

　눈 오는 새벽, 무방비의 나를 지켜 준 그가 고마웠고 나를 건드리지 않았으니 신뢰감에 나를 더 알려 주자고 생각했다. 그는 한참 책을 읽다 말했다.

　"전부 다 남자들만 등장하는군."

　"내 책은 남자들 얘기가 아니야."

111

집에 와서 눈이 쌓인 겨울 밤, 낯선 영국 남자와 벌어진 드라마를 기록하는데 그에게 메시지가 왔다:

"넌 정말 흥미로워. 오늘 저녁에 다시 널 만나고 싶어."

한참을 망설이다 그가 궁금했던 나는 그를 만나 보기로 했다. 내 정신은 새로운 무언가를 갈망하고 있었으므로. 저녁이 되고, 그와 함께 바다 주변을 산책하며 그에 대해 많은 것을 질문했다. 대학교를 나오지 않고 독학으로 실력을 쌓다 밴쿠버에 IT회사를 설립한 CEO로, 여전히 런던을 오고 가며, 어머니는 히피인, 그러나 새로운 유형인 그 역시도 같은 유형의 문제를 주기 시작했다: 남자는 다가오고, 나는 물러서는. 적극적인 남자의 행동에 당황하며 주춤하다, 소위 말해 '갖고 노는 여자'처럼 보인다는 억울한 그 문제 말이다. 그는 얼마 안 있어 런던에 출장을 갔고 나는 예상치 못한 장기 휴가를 받아 한국에 다녀오게 되었다. 밴쿠버에 돌아오면 다시 만나자는 그의 말에 Yes로 응답했지만, 왠지 이것이 우리의 마지막 만남이 될 거라는 예감이 들었다.

한국에 가기 며칠 전, 다시 케이를 만났다. 보고 싶은 마음과 미운 마음이 한데 뒤섞인 채 그를 기다리는데 그의 얼굴을 보는 순간, 복잡한 감정은 무섭게도 한순간에 단순해졌다. '좋다'라는 단 하나의 감정으로. 그 감정은 이후에는 '불편함'이 되었다. 즐거움이 클수록 위험한 관계였기 때문이다. 그와는 어떤 의미가 부재된 채 잦은 만남을 이어가지만, 떨쳐내지도 그렇다고 확 끌어안고 좋아하지도 못할 이상한 관계. 즐기지 못하는 엔조이, 사귀지도 않을 Something. 그래서 나는 '함께 음악

듣는 사이'라고 부르기로 했다. 사랑하면 눈을 마주친다는 해리슨의 말이 떠올라 섹스를 하던 중 그의 눈을 쳐다보자, 그도 나를 응시해서 사뭇 놀랐다가, 그동안 상대방의 눈을 피했던 건 항상 나였다는 걸 알게되었다. 잠시 후 그가 갑자기 진지한 얼굴로 질문했다.

"너가 캐나다에 와서 살게 될 줄 알았어? 이렇게 풋 페티쉬가 있는 남자와 산이 보이는 집에서 같이 밤을 보낼 줄을?"

"몰랐지. 이곳에서 내 삶은 완전 미쳤어."

"인생은 참 재미있어. 그치?"

캐나다가 다사다난한 곳인지, 아니면 내가 이런 팔자인 건지 내게 일어난 각종 사건 사고들을 그에게 종종 털어놓았을 때 그는 말했다.

"네 인생은 마치 한국 드라마 같아."

그를 만난 한여름의 날부터 3월이 되기까지 기적같은 시간이 흘렀다. 밴쿠버에 상륙한 실험적 삶은 어느덧 이곳에 뿌리를 내리고 있었고, 그는 이 과정을 지켜보며 놀라곤 했다. 이틀 후엔 2주간 한국에 가 있을거라고 하자 그는 이해되지 않는다는 표정으로 나를 바라봤다.

"너의 삶은 이제 이곳에 있잖아."

2023년 3월 8일, 한국 인천공항에 내리자 낯설었고, 동시에 낯익었다. 반가운 부모님의 얼굴을 보자 조금 울컥하기까지 한 감정에 놀라고, 반면 집으로 가는 길은 지난 9개월의 공백 기간이 있었다 하기엔 지나치게 익숙했다.

한국에 잠깐 있는 시간, 밴쿠버에서 일어난 모든 일들이 전부 다 꿈처럼 느껴졌다. 전부 다 머나 먼 옛 과거이거나 혹은 그저 내 머릿속에서 일어난 상상에 불과한 것처럼.

서울이 아닌 밴쿠버의 내 삶을 그리워하다 다시 돌아온 밴쿠버 공항의 풍경, 검사 없이 순조롭게 지나친 입국 심사는 이제 내가 있어야 할 곳이 어디인지를 말해 주었다. 아무것도 없었던 첫 시작, 이젠 모든 것이 이곳에 있는 재시작. 그곳이 밴쿠버라는 것을.

Ch. 7
An End Equals Beginning

그렇게 재시작의 첫 주말이 되고 조용히 술을 마시며 얘기나 하려 했던 친구 그레이와의 만남은 졸지에 술집 순례와 애프터 클럽[24]으로 이어져 버렸다. 한바탕 큰 난동으로 시작된 재시작은 더 큰 드라마를 알리는 신호였다.

마약 클럽으로 유명한 Gorg-O-Mish에 입장하고 처음 오는 음침한 분위기의 클럽에 주위를 두리번거리는데 홍콩과 중국 계열의 영국인 남자들이 다가와 말을 걸었다. 알고 보니 그들은 마약을 영국으로 밀거래하는 사업을 하기 위해 얼마 전 캐나다에 온 사람들이었다. 그들은 나와 친구에게 계속 술을 사 주었는데, 이는 환심을 사서 우리를 통해 고객을 만들고자 하는 게 아닐까 싶었다. 잠시 후 내 친구는 마약 딜러들과 화장실을 다녀오더니 갑자기 온데간데없이 사라져 버렸고 다급히 이곳저곳을 찾아보며 전화를 해도 도통 받지를 않았다. 다음 날에 친구에게 들은 얘기론 영국인 남자가 그에게 이상한 마약을 주었던 것으로 짐작되었고, 친구는 밖에서 휘청거리다 정신을 잃고 쓰러졌는데 지나가던 사람이 택시를 태웠다 한다.

---

24) 일반 클럽이 문을 닫는 새벽 3시쯤 오픈해 아침까지 운영하는 클럽이다.

그리고 나는 한동안 내 친구와 함께 그들과 어울렸다. 런던에서 마약 사업을 시작한 중국인들의 삶을 훔쳐보기 위하여. 'Easy Come, Easy Go'라는 말대로 그들은 쉽게 번 돈을 그만큼 쉽게 써 버렸고 가벼운 돈벌이만큼이나 가벼운 삶과 가벼운 사람들에게서 벗어나지 못하는 듯 보였다. 특히 중국계 영국인 티안은 내게 매일 연락을 보내며 함께 놀자고 설득했는데, 어느 날 밤 그를 따라 나간 자리에서 티안과 함께 살며 마약을 밀반입하는 중국인 마약 딜러들을 만났다. 송충이 같은 속눈썹을 붙인, 사납게 생긴 중국인 여자 두 명과 대만인 한 명, 이전에 봤던 홍콩계 영국인 남자, 중국계 영국인 티안. 그리고 거기에 연고 없이 이상하게 덧붙여진 나.

그들은 매주 주말, 클럽에서 수백 불을 지불하며 테이블을 잡아 새로운 사람들이란 이름의 잠정적 고객을 확보하려 했고 바운서, 안전 요원, 스태프 등 클럽에서 일하는 사람들을 그들의 인맥으로 만들기 위해 노력했다. 그런 모습을 지켜보다 한번은 그들이 안면이 익은 클럽 스태프들과 하얀 가루를 꺼내며 거래를 하는 장면을 발견했다. 그들의 낮은 어떤 모습일지 상상하며 비일상과 일상은 거리가 없다는 것, 사실은 매우 중첩해 있다는 걸 깨달았다.

홍콩계 남자는 유독 성격이 괴팍하고 기이했는데, 그는 어디를 가든지 누군가에게 시비를 걸어 몸싸움을 일으키거나 토를 하고 정신을 잃은 채 잠들어 있다 쫓겨나는 등 항상 문제를 일으키는 트러블 메이커이자 싸이코였다. 그가 클럽에서 난동을 부리면 티안과 나는 그를 말려

116

보곤 했는데, 사태가 너무 크면 "쟤는 미쳤어."라고 웃으며 도망가기 바빴다.

그러나 그는 우리가 상상하는 거친 마약 딜러의 범주 안에 잘 들어맞는 인물이었으므로 내 호기심에 자극이 되지는 못했다. 반면 티안은 클래식이나 책 읽기를 좋아한다는 것과 조용하고 내성적이라는 의외의 면모에서 꽤나 흥미로웠는데 보수적인 중국인 가정이라는 배경에, 컴퓨터 엔지니어링이라는 전공과, 쑥스러움이 많고 순종적인 성격을 가졌으나 런던에서 홍콩 남자를 만나고 그들의 무리에 합류하면서 인생이 뒤바뀐 케이스였다. 굳이 묻지 않았던 이 일의 시작 원인을 설명하고자, 그는 "항상 바르게 커왔고, 잘 살았지만 삶이 지루했어."라는 이유를 댔다.

'그래서 지금은 안 지루해? 넌 사실 지루해 보여.'라는 말을 꾹 참고 지켜본 그는 많은 현금을 들고 다니며 비싼 음식과 물건, 여행, 화려한 Nightlife를 향유하며 자신의 부를 자랑스러워했지만, 내겐 마치 미아 같아 보였다. 그는 분명 길을 잃었다. 길을 잃어 봤던 사람은 길을 잃은 사람을 알아보는 법이다. 가진 게 많았지만 정작 원하는 게 무엇인지 모른다는 점에서 그는 아무것도 가지지 못한 사람과 다를 바가 없었다. 특히 중국인 마약 딜러 서열에서 막내였던 그가 예의가 없다는 이유로 홍콩 남자에게 멱살이 잡혔을 때 보았던 그는 거의 비참함에 가까웠다. 그는 분명 자신이 얻은 것과 잃은 것을 알고 있었을 것이다.

"For everything you gain, you lose something."

이 말은 랄프 왈도 에멀슨이 한 말이자, 마약 딜러였던 첫 번째 남자 친구가 내게 자주 했던 말이다. 이 아이러니를 생각하며 나는 티안의 연락처에 차단 버튼을 눌렀다.

그렇게 다소 복잡하고 정신 없는 3월이 지나가고 4월도 막을 내릴 무렵, 갑자기 케이에게 메시지가 왔다.

"질문이 있어"

시간을 보니 새벽 4시쯤 보낸 메시지였다. 그러나 흥미로운 질문을 기대한 내게 돌아온 건 쓰리썸에 대한 질문이었다. 그 메시지를 읽을 때 비로소 깨달았다. 혼란스러운 긴 시간의 감정과 이 이상한 관계는 이제 막을 내릴 때라는 걸. 그래서 그를 깨끗이 떠나기로 했다.

"이제 다시는 너를 만나면 안 될 것 같아. 잘 지내."

그동안 해로운 관계를 잘라내지 못하는 우유부단함이 이제 독까지 뿜은 장애물이 되고 있었다. 가벼운 관계망, 놀기 위한 외출이라는 잔 줄기들이 '경험'이라는 이름 아래 자라나고 있었다. 더 이상 경험을 위한 경험은 끝났다. 이제 잔 줄기는 자르기로 했다. 막무가내로 사는 듯한 실험도 더 이상 하지 않으리라. 독하게 마음을 먹은 채, 케이에게 주기 위해 한국에서 가져온 선물을 쓰레기통에 버렸다. 나도 모르게 정이 들어 버렸던 건지 왠지 마음이 아팠다. 소주잔에 한국어로 새겨진 그의 이름을 보면서. 캐나다에서 누군가에게 가진 알 수 없는 묘한 감정을 억지로 지워내려 애썼다. 그러나 그는 계속 내 머릿속 어딘가에 있었다.

춥고 비가 오던 4월, 새로운 결심을 한 채 맞이한 5월. 다시 기운이 밝아질 무렵 조쉬가 데이트를 신청했다. 오타와 출신의 그는 여름엔 밴쿠버에서 사는데, 그저 스쳐 지나갔을 뿐 인연 없던 그와 1년만에 다시 만나 데이트를 하게 된 거다.

첫 번째 데이트 후, 무지 잘생긴 외모에 유머 감각까지 뛰어난 그를 꾸준히 만나면서도 두 가지 생각을 떨쳐 낼 수 없었다.
첫 번째: 망할, 이상하게 케이가 계속 생각난다.
두 번째: 이 관계는 깊어질 수 없다.

서구 문화권에서는 낯선 이와 쉽게 대화를 시작하고 새로운 사람을 금방 사귀게 되지만 가볍게 시작한 관계는 그만큼 깊어지기 전 끝이 나는 경우가 아주 많았다. 그것이 친구든, 이성 관계이든. 특히 이성은, 라이가 말했던 것처럼 많은 사람들이 여러 이성을 동시에 만나며 서로에게 피상적인 사람이 되고 만다. 그러므로 나 역시 여러 남자를 만났고, 그들 중 그 누구도 신뢰하거나 좋아하지 못했다. Casual Dating[25] 혹은 Situationship[26]이라 불리는 가벼운 이성 문화에 질리고 지쳐 갔을 뿐. 고로 이곳에서의 데이트란 설레는 일로 시작해도 책임 없이 즐기다 마는 결국 '아무것도 아닌 일'이라 여겨졌다.

---

25) 데이트를 하지만 다른 사람과도 데이트를 할 수 있는 가벼운 만남으로 서양 문화권에서는
     젊은 세대들이 Casual Dating만 즐기는 경우가 많다.
26) 관계의 정의나 책임이 부재한 섹슈얼한 관계는 모두 Situationship이라고 할 수 있다. 나와
     케이가 적절한 예시다.

한편, 4월까지 살던 집의 계약이 끝나 가는데, 새로운 집을 구하지 못했고 결국 어쩔 수 없이 한 달 계약의 임시 숙소를 잡은 뒤 이사 갈 집을 찾아다녔다. 하지만 마땅한 곳이 없었다. 어찌 된 게 캐나다에 살면서 쉬운 게 하나도 없었고, 주저앉고 싶은 위기 상황은 주기적으로 문을 두들겼다. 특히 의식주의 기본이 되는 '집'은 삶을 받쳐 주는 보금자리가 아닌, 삶을 끊임없이 불안하게 만드는 골칫덩이에 가까웠다. 렌트비는 작년보다 더 상승한 관계로 예산에 맞는 좋은 집이란 거의 존재하지 않았고 나는 여전히 떠돌이처럼 계속 이사를 다녀야 했다. 한마디로 정착 없는 밴쿠버 방황이 이어졌다.

계약 만료까지 남은 기간, 단 일주일. 일주일 뒤에 나가야 하는데 또다시 들어갈 집이 없었다. 그러나 나보다 내 주변 친구들이 더 걱정하는 상황에서 정작 문제가 닥친 당사자인 나는 오히려 덤덤했다. 1년의 캐나다 워킹홀리데이가 끝나가는 시점, 여전히 삶이란 안정이 아닌 문제 더미였지만 연속되는 문제 뒤에는 항상 예상치 못한 축복이 기다리고 있었다. 특히 문제가 클수록 축복도 컸다. 그래서 문제가 올 때마다 이젠 은근하게 즐기며, 그 뒤엔 무슨 행운이 찾아올지 거꾸로 기대하기 시작했다.

가장 큰 문제는 세 가지: 집, 일, 인간관계. 복잡하고 엉망진창인 시기는 주기적으로 찾아오지만 그게 삶이었다. 이곳에서 막다른 골목들을 거쳐 가며 결국 어려움이란 더 좋은 걸 얻기 위한 과정이라는 걸 배웠고, 괴로움, 외로움, 슬픔 등은 더 이상 두렵지도 않았다. 모든 것은 정말로 '내가 어떻게 보는가'에 달려 있었다. Will(의지)는 Will(-할 것이다)이니까. 의지를 잃지 않는 의지는 항상 결국 해내고 말았다.

　집 문제가 유독 복잡했던 건 일하던 근무지가 다운타운이 아닌 외곽으로 옮겨질 예정이었는데 위치가 미정이었다. 그래서 임시 숙소 계약이 끝나는 일주일 전, 초연한 마음으로 집을 알아보던 중 이전할 사무실이 드디어 정해졌는데, 때마침 그곳에서 가까운 한 아파트를 발견했다. 곧바로 뷰잉을 마치고 계약 의사를 알렸다. '제발 제가 들어가게 해 주세요.'라고 주문을 외우고, 내 간절함이 기적을 발휘해 달라고, 난데없이 기도까지 하면서.

　캐나다에서 집을 렌트하는 것은 한국과는 전혀 다른데, 입주 신청을 지원하면 신원, 연봉, 직장, 참고인, 은행 잔고 등 까다로운 심사를 거쳐야 한다. 그 후에도 계약 신청서를 제출한 많은 후보자들이 모이면 집주인에게 통보적인 선택을 받아야 하기에 나와 같은 사회 초년생, 그것도 단기 비자 외국인이라면 사실상 아파트 렌트는 거의 불가능에 가깝다.

　그 이유로 그동안 여러 집의 방들을 렌트가 아닌 서블렛[27] 형태로 빌리면서 내 이름의 렌트가 없는 1년을 살 수밖에 없었다. 룸메이트들과 부딪히며 살아도, 집주인의 눈치를 받아도, 방이 작아도, 터무니 없이 비싸도. 아직 나는 캐나다에서 신분이 불분명한 외국인이라는 이유로. 모두 그냥 '견뎌야' 했다.

---

27)　유닛(집) 전체를 빌리는 것이 아니라 세입자에게 방 하나를 빌리는 sub(하위) 렌트이다.

그런데 기적이 일어났다. 집주인이 계약을 동의했고 집을 보러 간 그 날 저녁, 계약서를 쓰면서 모든 것이 성사되었다. 비록 렌트이지만, 이 제 드디어 캐나다에서 내 명의로 당당하게 빌린 집이 생긴 것이다. 방조차 구하지 못했던 상황에서 시세보다 저렴한 아파트를 렌트하고, 직장 상사의 도움으로 렌트비 지원까지 받게 되었다. 항상 이와 같았다. 가장 불행한 타이밍에서 불가능한 행운이 찾아왔다.

6월 1일, 드디어 정착할 집에 도착하고 내가 직접 시킨 가구들을 조립 하는데 가슴이 뭉클해졌다. 한국에선 당연하게 누렸던 것들이 얼마나 얻기 힘든지, 그래서 얼마나 소중한지. 없는 것이 많았기 때문에 있는 것으로 행복했다. 집, 직장, 월급, 그리고 드디어 내 친구라 부를 수 있 는 사람들이 곁에 있었다. 값진 것의 가치는 소요된 인내와 시간과 비례 해서, 힘들고 고된 시간이 가장 큰 가치를 남겨주었다.

그리고 다시 시작된 밴쿠버 최고의 계절, 뜨거운 여름을 맞았다. 밴쿠 버는 가을부터 봄까지 비가 오지만 여름부터 비가 거의 오지 않고 해가 최대 10시에 지는데, 이 때문에 밴쿠버 사람들은 여름만 기다린다고 말 할 수 있을 정도로 계절의 혜택이 크다. 그래서 6월이 시작되자 밴쿠버 는 파티로 떠들썩했고 나의 6월 역시 예상치 못하게 흘러갔다.

하루는 파티가 끝나고 집에 가려는 찰나였다. 갑자기 조쉬가 친구들 과 찾아와 같이 더 놀자고 하는데, 나를 보러 찾아온 상황에서 차마 거 절할 수 없다는 이유로 새벽 3시가 넘은 늦은 시간임에도 그들을 따라

갔다. 그의 친구들이 몇 시간 전에 술집에서 사진을 찍었는데 어떤 여자가 끼어들었다며 사진을 보여 줬다.

혓바닥을 우스꽝스럽게 내민 빨간 머리의 여자.

"어? 나 이 여자 알아."

사진에 끼어든 여자는 항상 인스타그램에 성적인 컨텐츠를 올렸었는데 알고 보니 Sex Worker였고 사진을 찍은 뒤엔 그들에게 키스해도 되냐고 물어봤다 한다.

그런 얘기를 하다 보니 자연스럽게 그들은 서로에게 물었다.

"매춘부랑 잔 적 있어?" "남자랑 자 본 적 있어?" 그리고 내겐 "여자랑 자 본 적 있어?"

웃자고 던진 그 질문을 받는 순간, 나는 지극히 무거운 사람이며 결코 가벼운 것들을 감당하지 못한다는 걸 알았다. 가벼워진 내 삶의 태도가 나를 자유롭게 해방시켰으나 동시에 내 묵직한 정체성을 갉아먹고 있음을 외면해 왔다는 걸. 그러나 내 마음은 어느덧, 가볍게 살기보다 예전과 같이 다시 무겁고 진중하게 살기를 바라고 있었다.

아침 5시가 되어서야 집에 가는 심야 버스를 겨우 탔으나 피곤함에 버스에서 잠들어 버린 뒤 내려야 할 곳을 훨씬 지나쳐 버렸고 급히 버스에서 내리자 이미 화창한 하늘과 그와 대조되는 내 모습이 눈에 들어왔다. 나는 더 이상 밤의 세계에 속하고 싶지 않아졌다. 5월부터 시작한 UBC의 회계 코스는 삶의 변화를 부추겨 줬다. 겨울부터 미리 공부를 시작했음에도 불구하고, 빠르게 진행되는 수업은 따라잡기 힘들었고 그래서 정신을 바짝 차려야 한다는 건 꽤나 좋은 일이었다.

캐나다에 온 지 1년이 되는 2023년 6월 6일. 파티를 해 볼까, 어떻게 기념할까 고민하던 것이 무색하게 그날은 하필 중간고사 날이 되어 버렸고 진땀을 빼며 시험을 치르는 것으로 캐나다의 첫 1년이 마무리되었다. 학교를 걸어 나오며 나와 캐나다의 1주년 날을 첫 중간고사로 보낸 것만큼 뜻깊은 기념도 없다고 생각했다. 목표나 계획 없이 '그냥 살겠다'는 실험은 이제 완벽히 종료되었고 나는 1년 동안 매일매일 쓴 일기장을 쓰레기통에 던져 버렸다. 이는 하나의 의식이었다. 더 이상 실험적으로 사는 건 끝났다는 나만의 조촐하지만 성대했던 1주년 기념일. '되는 대로 살기'는 이제 끝이 났다. 길을 잃고 방황하던 내 모습도 온데간데없었다.

그러나 삶의 아이러니는 길을 잃었던 그 시간이 바로 길을 안내해 주는 시간이 되었다는 것이다. 무엇보다 무모하게 살아 본 1년의 실험은 산다는 게 얼마나 즐거운 일인지 알려 주었다. 그 많고 많았던 아픔에도 불구하고.

그즈음 놀라운 소식을 전해 들었다. 타이슨이 새로 사귄 한국인 여자 친구를 폭행하여 감옥에 갔다 왔으며, 여자는 현재 소송을 준비 중이라는. 해리슨은 내 책을 읽고 난 뒤 모든 일엔 원인이 있는 거라 했지만 자꾸 발생하는 극적인 전개의 배후에는 뭔가를 갈망하는 내 에너지를 제외하고 딱히 원인이랄 게 없었다. 나는 나 자신도 모르는 무언가를 원했을 뿐이다. 정작 감옥에 갔지만 타이슨은 늘 "신은 에너지"라고 주장했고 그 에너지가 자신을 돕고 있다고 믿었다.

에너지가 마법을 부린 것 같은 지난 순간들이 기억났다. 타이슨이 나를 찾겠다며 늦은 밤 시내 한복판의 도로에서 나를 발견한 것도 아이엘츠 시험을 본 이후 운명적인 타이밍으로 리드 강사의 자리를 맡게 된 것도 항상 단 며칠을 남겨 둔 상황에서 더 나은 집을 렌트하는 것에 성공한 것도.

삶은 극적인 타이밍과 뒤따르는 나비 효과의 연쇄 작용이었다.

Ch. 8

Moment of Truth

두 번째 한여름. 나의 '즐기자' 태도는 시들해졌고 어느덧 모든 가벼운 인간관계들은 염증이 되고 있었다. 어느 날, 조쉬에게 갑자기 이런 질문을 받은 적이 있다: "예쁜 여자로 사는 삶은 힘들어?" 그다지 스스로가 예쁘다 생각하지도 않았지만, 대수롭지 않게 여겼던 이 질문은 계속 머릿속에 맴돌았다. 남자들이 던지는 추파들, 계속되는 데이트, 친구라 할 순 없게 됐지만 사귀지는 않는 이름 없는 관계들, 감정 없이 받아 오는 관심에 더더욱 무뎌지는 감정. 재미있으면 됐고, 즐기면 그만이라는 생각도 사라지고 있었다. 남자와의 관계를 원하던 게 아니었음에도 왜 그렇게 오랜 시간, 많은 남자들을 만나게 된 걸까, 이성에 치우친 이 문화가 이젠 지긋지긋했다. 왜 성별의 차이는 언제나 이성 관계의 전제적 조건이 되고 마는가. 사랑을 믿지 않는다 했던 라이는 이성 관계란 결국 다 육체적일 뿐이라고 확신했는데, 사실 나도 친구들에게 이렇게 말하고 다녔다.

"They don't give a fuck about me. They just want to fuck me."

모든 남자가 섹스만 목적하는 건 아니었지만 아직도 내겐 낯선 이가, 진심으로 좋아한다고 말하는 데서 오는 거리감이, 그래서 진심이 부재한 많은 고백들, 이 모든 것들로 내 감정은 완전히 메마르기 일보 직전이었다. 어딘가 고장 난 사람처럼 아무것도 느끼지 못하는 로봇처럼. 물론 전부 다 무의미하다고 치부해 버릴 수는 없었다. 집에서 책만 읽던 공부 벌레가 바깥 세상을 배우고 많은 사람들을 겪으며 배운 지혜는 책보다 훌륭하다고 할 수 있었다. 그러나 이곳의 가벼운 교제 문화 속에서 나는 또 한 번 '느끼지 못하는 사람'으로 굳어 가고 있었다.

그렇게 무미건조한 사람이 되어 가던 중, 잊고 싶었던 케이가 다시 연락이 왔다.

"나 다시 만나러 와 줘."

내 마음은 설렘보단 공포에, 기쁨보단 고통에 가까웠는데, 그건 알고 있었기 때문이다. 케이를 만나면 그가 분명 내 평온한 정착을 망쳐 놓고 말 거라는 것과 그럼에도 나는 결국 그를 다시 만나게 될 거라는 것을. 불장난을 원하는 순수한 욕망으로 또다시, 그에게 만나러 가겠다고 답해 버렸다.

일종의 해방을 위해―라는 변명으로―케이를 다시 만나기로 했다. 내심 그가 약속을 취소해 주기를 기대했다. 그러나 그에 대해 완전히 정리되지 않은 마음은 그를 보고 싶어 했고 그에 대한 책의 부분을 정리하겠다고 다짐하며 그가 사는 링컨역에 내렸다. 이번엔 5개월 만에 마주하는 그의 얼굴이었으나 이상하게도 그다지 낯설지는 않았다. 밥을 먹는데 그가 물었다.

"다신 나를 안 보겠다고 했는데 왜 만나러 왔어?"

그건 그를 마지막으로 다시 봄으로서 관계를 종결시키고 싶었기 때문이고 한편으론 아직도 죽지 않은 사악한 호기심이 그를 여전히 궁금해했고 또한 그를 원했기 때문이었다.

나는 그에 대한 글을 마무리하고 싶었다고 간략히 대답한 뒤 그에게 되물었다.

"왜 나를 만나려 한 거야?"

"1. 너는 좋은 사람이니까. 2. 드라마틱하지 않고."[28]

그리고 이렇게 덧붙였다.

"3. 그리고 너가 들려주는 음악이 좋아."

그에게 왜 여자 친구를 사귀지 않냐고 묻자 자기 삶에 집중할 수 있는 자유를 원하기 때문이라 했고 나에게 왜 남자 친구를 사귀지 않냐고 물을 땐 딱히 할 말이 없었다.

"나는 남자 친구 없었다고 말한 적 없는데?"

나는 항상 남자 친구가 있거나, 혹은 누군가와 데이트를 하는 단계였고, 그러나 늘 자유를 그리워하는 지극히 모순적인 생활로 스스로를 괴롭게 한다는 것은 이미 잘 알고 있었다. 원하지만 원하지 않고, 좋아하지만 좋아하지 않는 복잡한 감정과 그를 유발하는 모든 사람, 사건, 사고들이.

---

28) 오버 액션을 하는 극적인 유형으로 상대에게 집착하거나, 작은 것에 의심하며 화를 내는 등 피곤한 드라마를 유발하는 성격이다.

그래서 어쩌면 그를 만나는 건 타이밍이 선사하는 하나의 테라피인지도 몰랐다. 그를 한동안 만나다 보면 희한하게 내가 가진 관계들은 이별이란 종착역에 도착하고, 나 자신을 누릴 수 있게 되었다. 그날은 우연의 장난인지 작년 그를 캠비 바에서 처음 마주친 날로부터 정확히 1년 365일이 되는 날이었다.

이 사실을 알려 주자 그는 타이슨의 '에너지론'을 거론했는데, 어떤 에너지가 이렇게 우연의 일치나 어떤 드라마를 만들어 낸다는 말에 나는 조용히 동감했다. 나는 가볍고 단순한 삶을 진심으로 원하면서도, 막상 삶이 간단해지면 지루함을 느꼈다. 개구쟁이 꼬마 같은 마음으로 외출하는 날엔 무슨 일이든지 생겼고, 그 일은 무엇이든 될 수 있다는 점에서 위험했다. 그렇게 드라마의 한 장면이 연출되면 나는 내 에너지가 이 일을 일으켰다는 걸 알고, 혼자 조용히 웃곤 했다.

케이는 밥을 먹은 뒤 곧바로 집으로 운전해 주겠다고 했고 갑자기 자신을 진지하게 생각해 본 적이 있냐고 물어봤다. 진지한 관계는 처음부터 불가능했기에 '아니'라고 대답했지만 막상 집에 와 생각해 보니 후회되는 답변이었다. 있었다고 할 걸 그랬나 보다. 아니면 그에 대한 내 감정이 뭔지 몰라서 제대로 대답할 수 없다고 할 걸. 베프 그레이와 술을 마시다 이 이야기를 내놓고, 푸념하듯 '~했어야 했는데'를 늘어놓았다. 왜냐하면 왠지 모르게 그날이 그를 만나는 마지막 날이 될 거라는 느낌이 있었기 때문이다. 친구는 다시 그를 만나 못 한 말을 전하라고 했지만 나는 그럴 일은 없을 거라고 생각하고 있었다. 그러나 바로 다음 날, 그가 다시 만나자는 연락을 보내자, '에너지론'이 소름이 돋게 떠올랐다. 하지만 그의 연락도, 그리고 이 또 다른 만남 후에도 우리의 관계엔 별다른 변화가 없을 거라는 것을 알고 있었다. 다만 '아무것도 아님'을 재차, 완벽히 확인하기 위해 그를 또 만나러 갔다. 혹은 아무것도 아니게 만들기 위해서.

그가 딱히 특별한 이유 없이 다시 보자 했다고 말하자 나는 왠지 모르게 안도의 한숨이 나왔다. 그게 우리 사이를 대변하는 말이었고 이제는 미련 없이 그에게 잘 가라며 이 인연을 끊어낼 자신이 있었다. 그러나 며칠 뒤 연락 온 그를 또다시 만나러 가면서 아무런 기대도 흥분도 들지 않는 자신에게 대체 '뭘 원하냐'는 거냐고 자문했다. 나는 그에게 원하는 게 없었다. 어쩌면 그도 나에게 원하는 게 없어서, 그래서 날 편하게 만나는 것이 아닌가 생각했다. 바쁜 내 일정으로 2주간 만나지 못하다 겨우 시간을 맞췄는데 그는 왜 토요일에 항상 바쁘냐고 물었다.

"그야 다들 토요일을 선호하고, 그래서 약속을 잡으면 토요일부터 잡히니까 그렇지."

"그럼 앞으로 토요일은 내 날이야."―마치 우리가 계속 만날 사이라는 듯이.

그의 집에 가서 술을 마시는데 그가 뜬금 없이 질문했다.

"남자들하고 데이트는 어떻게 되어가?"

물음표의 얼굴로 쳐다보자 그는 아무렇지 않게 말했다.

"넌 항상 남자들에게 둘러싸여 있잖아."

"…알아, 그리고 그게 싫어. 내게 얼마 전에 무슨 일이 있었냐면, 매일 운동하니까 몸이 뻐근해서 마사지 치료를 받으러 갔거든. 근데 그 치료사가 마사지를 하면서 계속 나 때문에 긴장된다고 하는 거야. '불안하네,' 생각했지. 그런데 나중엔 대놓고 내 엉덩이가 너무 훌륭하다고 하고, 마사지 하는 척하면서 엉덩이를 계속 만지고 다 끝나고서는 내게 동작을 알려 줄 테니 자기도 마사지를 해 달라고 하더라. 웃기지."

"그래서 어떻게 했어?"

"뭘 어떻게 해. 못 한다고 했지."

그는 캐나다에 와서 남자 친구를 몇 명이나 사귀어 봤냐고 물어봤다. 나는 대답을 얼버무리고, 애론이 만든 곡을 틀었다.

"이거 내 전 남자 친구가 만든 음악이야."

"나쁘지 않네. 그런데 이전 남자 친구들과 왜 헤어진 거야?"

"내 타입이 아니라서."

"너의 타입은 뭔데?"

"나는 그런 거 없어."

잠시 머뭇거리다 술기운을 빌려 입을 열었다.

"사실 두 번째 남자 친구는 너를 만나려고 헤어졌어."

그는 별로 놀라지도 않아 보였지만 자기를 왜 만나는지 궁금해했고 나는 한동안 명확한 답을 줄 수 없었다.

"일단 너랑 만나는 건 늘 심플하잖아. 무엇보다 너는 나한테 두통을 안 줘."—생각해 보니 가장 두통을 줬던 그였다.

그래서 다시 정정했다.

"나는 다른 남자들의 마음은 다 읽을 수 있는데 네 마음은 아직 못 읽겠어."

그에 대한 내 마음을 읽지 못해서, 그와 어떤 관계인지 알지 못해서, 그런 '모름'의 상태를 즐겼던 것이다. 불확실함이 주는 즐거움은 중독적이고 치명적이었다.

그는 내일 아침 별다른 일정이 없다는 걸 확인하자 내게 자고 가지 않겠냐고 물었다.

"내가 자고 가길 원해?"—"네가 원하면" 같은 대화가 한 3번 정도 오고 가자, 그에게만 느끼던 어색한 긴장감을 완전히 없애기 위해 그의 집에서 자고 가기로 결정했다.

같이 한 침대에 누워 자고 일어나면, 상대방도 나와 똑같은 '인간'이라는 걸 깨닫게 된다. 그것은 눈곱 혹은 입냄새 같은 지극히 인간적이나 상대에 대한 판타지나 설렘을 깨부수는 문제들을 가진 한편, 둘이 껴안고 잠으로써, 그리고 한 침대에서 함께 꾀죄죄한 모습으로 아침을 맞음으로써 사랑스러운 친근함을 갖게 해 준다. 그래서 케이의 품에 들어가그의 트위터 피드를 함께 보았을 땐 '너도 역시 그저 사람이었어.'라고 느끼게 되는 것이다. 내 기대처럼 아침에 일어나 그를 맞이했을 땐 '역시 너도 나와 같은 인간이야.'라고 다시 한번 안도했다. 케이에게만 가졌던 설명할 수 없는 감정은 이로서 끝이 나고, 나는 그에게 작별을 고했다.

나는 다양한 남자들을 만나 보는 것이 경험상 좋다고 하는 것에 대해 대체로 동의하나 개인적으로는 스트레스와 고민이 끊이지 않는 원인이 바로 '사람'이라 생각했다. 그러니까 사람으로 인해 행복하고 동시에 사람으로 인해 불행한 것이다.

두 번째 여름은 더 많은 사교 모임에 나가고, 더 많은 사람들의 사랑을 받았지만 나는 점점 사람을 원하지 않고 있었다. 아니, 정확히 말하면 더 이상 사람이 필요하지 않았다. 그러나 그것은 어떤 오만함이나 혹은 바깥 활동에 대한 싫증을 의미하는 게 아니었다. 내 삶은 스스로 충만한 행복이라는 것, 나 혼자였던, 혹은 내 자신마저 잃었다 할 수 있었던 밴쿠버의 첫 시행착오는 정말로 끝이 났음을 의미했다. 죽음이란 안식을 진지하게 고민할 만큼 내 곁에 아무도 없이 오직 나 자신과 함께했던 고비의 시간들은 '역시 이 세상엔 아무도 없어' 보단 '역시 나밖에 없어.'가 되는 과정인 동시에 그 결과 스스로를 무척이나 사랑하게 된 나머지, 이제 사람이라는 세계에는 흥미를 잃어버린 것이다.

5살 어린 닐과 새로운 연애를 시작하고, 동시에 새로운 사람들을 알게 되면서 나는 사람들에게 둘러싸이기 시작했다. 작년 여름처럼 행아웃 하자는 친구들, 파티에 부르는 사람들, 데이트를 하자는 남자들, 여기저기서 나를 불렀다. 그러나 더 이상 사람이란 내게 별다른 흥미를 주지 못했고 파티란 다음 날 숙취와 함께 눈을 뜨는 잠깐의 재미일 뿐이었다. 나는 이제 사람이 고프지 않았고 오히려 넘치는 사람들과 약속들로 가끔씩 질식할 것만 같았다. 반대로 남자 친구 닐은 사람들을 만나는 자리에 내가 함께하길 원했고, 또한 나를 최대한 자주 보기를 기대했다. 이는 당연한 것이었지만 나는 점점 혼자이고 싶다는 생각에 휩싸여 갔고 그가 나를 좋아할수록 점점 두려워졌다.

그러던 어느 날, 전 남자 친구 애론에게 갑자기 다시 연락이 왔다.
"안녕 제시… 잘 지내?"
친구로서 만나는 것뿐이라는 약속을 받고, 수개월이 지난 뒤 만난 우리는 서로에게 할 말이 너무도 많았다. 비의 계절이 시작되기 전 마지막 선샤인 밴쿠버, 한여름이 끝나 모두가 아쉬워하며 이벤트나 파티에 갔지만 우리는 이 문화에 질려 버렸다는 동의점을 시작으로 "Oh my God"이라는 감탄사를 멈추지 못하는 근황들을 이어갔다.

그가 나와 헤어진 뒤 고백을 받고 연애를 하게 됐던 레즈비언 여자는 내 친구의 학교 친구였는데, 그의 이야기를 들으니 정황상 헤어지기 전, 애론이 바람을 피웠다고 퍼뜨리고 다닌 건 바로 이 여자(이년)였다는 걸 알게 됐다. 그러니까 애론을 좋아하는 마음에 내가 그와 헤어지게 만들려는 목적으로 거짓된 사실이 내 귀까지 오게 만든 것이다. 그러나 그에게는 아무런 티도 내지 않은 채, 그녀와 결별하게 되었던 충격적인 연애 이야기도 격한 반응으로 들어 주었다.

친구로 만난 이 시점에야 비로소 우리의 생각이 얼마나 닮았는지, 그리고 그에게 내 얘기를 하는 게 얼마나 편한지 깨달았다. 그러나 그는 친구 이상의 관계를 다시 한번 기대하는 것처럼 보였고 나는 그 모습이 비춰질 때마다 두려워졌다. 또다시 나는 그에게 이성이 되고, 그래서 그저 성별이 다르다는 이유로 소중한 한 친구를 잃을까 하는.

"너랑 헤어지고 사실 너무 힘들었어."라는 한마디.

"너를 사랑했었어."라는 두 마디.

술기운에 용기를 내어 내 감정을 토로했다.

"난 살면서 누군가에게 제대로 빠져 본 적이 아직까지 한 번도 없어."

그러니까 그에게 크게 감정을 느끼지 않았고, 얼떨결에 사귄 것뿐이었다는 나름의 고해성사를 한 것이다. 그러나 이 말마저 그는 이해했을 때 나는 그가 얼마나 좋은 사람인지 깨달았고 그래서 그를 계속 친구로 두고 싶다고 생각했다. 술집에서 나오자 그가 담배를 꺼내면서 말했다.

"나는 이제 술 먹고 노는 것보다 내 할 일 하는 게 더 재밌더라."

"소름 끼쳐. 나도야."

그는 물병자리와 천칭자리는 최고의 궁합이라며 '결혼' 아님 '베프'가 우리의 운명이라 설득했다. 그가 나와 재결합을 원한다는 것을 확신하며, 나는 더 이상 누군가에게 대상화가 되지 않겠다고 조용히 다짐했다.

집에 가는 길, 우리만 공감할 수 있는 락 음악을 들으며 신나게 몸을 흔들다 도착한 집 앞에 차를 세우는데, 나는 혹여나 주변에 소음이 될까 두려워 볼륨을 낮추라고 했다. 그러자 그가 신경 쓰지 말자며 오히려 음악 소리를 키웠고 에라 모르겠다고 또다시 머리를 흔들 땐, 오랜만에 드는 '통한다'는, 그리웠던 그 느낌이 나를 슬프게 했다. 그는 분명 나를 친구로 두지 못할 것을 이미 알았다. 그래서 나는 그를 떠나야 하고, 어

쩌면 최고의 우정이 될 만한 그를 두 번 다시 만나지 못한다는 사실. 그
것을 모른 채, 그는 마치 내 마음을 다시 얻으려는 것처럼 한 가지 말을
반복했다.

"날 통해서 영주권 받으면 되지. 물론 '친구'로서 말이야."[29]

나는 1년 뒤 영주권을 지원할 계획으로 LMIA를 신청한 상태였다. LMIA
를 신청한 건 1월이었으나 오랜 기간 이민국의 파업이 이어지면서 서류
심사가 계속 지연되고 있었다. 3월, 4월, 5월, 6월, 7월이 흐르도록. 망
할. 그리고 갖고 있던 워킹 홀리데이 비자는 그사이 만기되었다. 8월 말
이 되자 그제야 접수가 된 LMIA 신청은 '승인 거절'이란 황당한 답변을
받았다. 회사의 재정 상태를 볼 때 LMIA를 진행하기 불충분하다는 사
유였고 3일 안에 재접수할 기회를 주겠다고 했다.

머릿속에 온갖 시나리오가 스쳐 지나갔다. LMIA가 실패하면 취업 비
자를 받을 방법이 없었고, 현 상태로 영주권은 불가능했다. 캐나다에서
회계사가 되어 살기 위해 커리어, 금전, 거주 문제 등등 여러 가지를 희
생하며 그러나 꿋꿋이 웃으며 살아왔는데 모든 게 한순간에 무너지는
소식이었다. 비참함, 불안함, 염려, 고민, 모든 것이 폭탄같이 한꺼번에
터져 버리는. 아무도 예측할 수 없는 게 인생이라지만, 캐나다에서 사는
삶은 마치 흔들리는 돌 위에 서 있는 것처럼 자꾸 흔들렸고 확실한 건
단 하나뿐이었다: 밴쿠버를 떠나고 싶지 않다는 내 마음, 딱 하나. 그것

---

29) Common Law라는 이민 제도를 통해 영주권자나 시민권자와 동거하는 경우 사실혼으로 인
정해 영주권을 준다.

만이 흔들릴 수 없는 유일한 정답이었다. 이곳이 내 집이라 느껴졌고 집이 있는 한국은 영원히 집이 될 수 없는 곳이라고 확신했다.

원장님은 회계사를 통해 서류를 다시 보낸다고 했고, 어차피 내가 할 수 있는 것은 아무것도 없으므로 '어떻게 됐든 잘될 거다. 인생 걱정할 것 없다.' 나는 불확실한, 그러나 가장 확실한 믿음만을 남겨 두고 모든 마음을 비웠다. 자꾸 '승인 거절의 시나리오'가 떠올랐지만 이를 무시하고 하루 종일 글만 쓰며 지난 여정을 돌아봤다. 이곳에 와서 무엇 하나 쉽게 제대로 되는 게 없다고 할 만큼 험난한 과정이었고 그래서 한국에 돌아가면 마침내 안식을 얻게 될 거다. 그러나 돌아가기에는, 나는 이곳에서의 내 삶을 너무도 사랑했고 내 삶의 전부가 이곳에 있었다.

바로 다음 날, 원장님에게 연락이 왔다.
"LMIA 승인됐대. 축하해."
항상 이처럼 기적적이다. 어쩐지 불행은 늘 행운이 되는 기적. 다만 중요한 것은 잘된다는 믿음, 그리고 자기 자신에 대한 믿음을 지켜야 된다는 것. 고로 나의 신은 신념이었다. 늘 마법을 부려 주는. 나는 그 신념의 힘으로, 스스로 이뤄야 하는 그 영주권을 받겠다고 다짐했다.

Ch. 9
Meteor Showers

작년 2022년도 거칠었던 한여름 밤들을 떠올리며, 올해는 좀 더 얌전히 보내 보자 생각했지만 이미 한껏 자유로워져 버린 기질과 5살 어린 남자 친구 닐의 에너지는 나를 더 큰 소동으로 이끌었다. 닐은 3월, 골고미쉬 클럽에서 마약을 투약하고 정신을 잃은 친구를 찾기 위해 들어간 흡연실에서 처음 만났다.

"그레이! 어디 있어?"

술에 취해 다짜고짜 친구를 부르며 흡연실을 쏘다니던 내게 누군가 전자 담배를 권했다. 끊는다 했던 담배를 보자 넋이 나갔고, 한동안 담배를 피우며 터키에서 온 게이 남자와 기억에 남지 않는 얘기를 주고 받았다. 그렇게 그와 대화하는데, 갑자기 맞은 편에 있던 한 남자가 내 앞으로 튀어나오며 다짜고짜 내게 한국인이냐고 물어보았다. 내 나이를 묻더니 나를 '누나'라고 부른 그는 이후 계속 메시지를 보내며 행아웃을 하자고 했다. 나는 첫 만남과 두 번째 만남 모두, 내 몸이 받는 술의 양과 속도를 감당하지 못하고 그가 보는 앞에서 토를 잔뜩 하는 엽기적이고 고통스러운 밤을 치른 후에야 그가 나를 좋아한다는 걸 알았다. 그러나 나는 신경 쓰지 않고 있었다.

당시 발전이 없을 관계나 혹은 남자 혼자서 진도를 나가고 있는 관계들은 나를 가두는 감옥으로 여겼고 이에 대한 해방을 바라던 나는 그가 분명 player일 거라 추정했기에, 그 역시 내겐 벗어나야 하는 사람들 중 하나였다. 그러나 종종 만나던 그에게서 진지한 눈빛을 발견하기 시작했고, 그즈음 그는 내 친구들과 떠난 그룹 여행에 함께했는데 의도치 않게 그와 같은 방을 쓰며 3일 동안 붙어 다닌 여행에서 나를 놀랄 만큼 평온하게 만든 그가 마음에 들어오기 시작했다.

여행에서 돌아온 뒤 얼마 지나지 않아 그가 내 여자 친구가 되겠냐며 귀엽고 뚱뚱한 인형을 들고 왔다. 그는 그 인형과 같았다. 내가 바라 왔던 이상적인 상대는 아니지만 같이 있으면 해맑게 웃으며 껴안을 수밖에 없는. 클럽 흡연실에서 만난 5살 연하남이 내 짝이 될 거라는 기대는 0%였기에, '사람 일은 아무도 모른다'는 말은 밴쿠버의 내 삶을 대표하는 문장이 되었다.

내가 원하는 남자는 일만 열심히 하는 범생이 같은 성격에, 결혼을 얘기할 수 있는 나이의 연상이었으나 반대로 사교적이며 늘 놀고 싶어 하는 22살, 귀여운 5살의 연하남. 그의 에너지는 무척이나 즐겁지만 꽤나 버거운, 딱 '술'과 같았다. 그와 사귀면서 술자리가 잦아지고 할 일에 지장이 생기는 경우가 많아지면서, 그를 떠나려고 여러 번 시도했으나 나는 늘 실패했다. 9월의 어느 날은 처음으로 단단히 결심하고, 그에게 헤어지자고 말했다. 그는 이미 내게 화난 사건이 있었고 그래서 이별을 동의했으나 앞으로도 친구로 지내자는 그의 말을 따르기로 했다. 그래서 그날, 함께 친구로서 술을 마시다 두 번째 데이트 장소였던 아케이드로 갔다. 그곳에서 술을 마시며 게임을 하는데 그가 갑자기 손을 잡더니 급기야 나를 껴안았다.

"우리 헤어지지 말자." 그만의 귀여운 키득임과 함께.

그의 품에서 벗어나 그를 쳐다보는데 그 따뜻한 눈망울을 보고 있자니 차갑게 굳어진 얼굴에서 자꾸만 웃음이 새어나왔다. 이처럼 그와 함께 있으면 이유 없이 즐거웠고 딱히 걱정할 게 없다는 생각만 들었다. 결국 나는 행복하게 이별을 실패했다. 10분만 더 얘기하자고 하다가 1시간이 지났고 어디를 가든지 좋은 시간을 가지며 그와 함께 보낸 두 번째 한여름.

9월도 벌써 10월이 될 무렵은 내 생일이 다가오고 한 살 더해진 새로운 나이를 의미했다. 만 27살. 한국을 떠날 때는 한국 나이 27살, 그리고 지금은 법이 바뀌어 다시 27살로 돌아왔다. 이 사실을 두고 무언가 다시 시작할 출발점이라고 느꼈다. 1년간 막 살아 본 실험을 종료하고, 이제 나만의 인생을 찾았으니 실험이 남긴 복잡한 인간관계는 재정리하고, 막장 드라마가 아닌 나만의 새로운 캐나다 드라마를 만들고 싶었다. 캐나다에서 첫 번째로 맞은 생일처럼 두 번째 생일 역시 '인간관계'에서 나오는 혼란함의 문제가 여전히 존재했다.

애셔에게 여자 친구가 있다는 걸 알게 되고, 나도 그에게 만나는 사람이 생겼다고 조심스레 밝혔다. 그가 보낸 "You broke my heart."라는 메시지에 나는 의아했다. "내가?" 그는 그제야 그동안 그가 느꼈던 감정을 털어났다. 여자 친구가 있음에도 한동안 나를 머릿속에서 지울 수 없었다고, 그러나 여자 친구를 사귀던 시점에도 나에게 사랑한다고 문자를 보냈다는 것, 그럼에도 나와 진지한 연애를 할 마음은 없었다는 것, 요즘 들어 내 다리 사이를 상상하고 있었다는 얘기까지 듣고 나자 '우리 세대는 엉망진창'이라는 말이 떠오를 수밖에 없었다.

이는 비단 외국인들만의 문제가 아니었다. 내 한국인 친구는 fuckboy[30]라고 불릴 법한 한국인 남자들에게 자주 마음을 빼앗겼고 그녀가 조금이라도 진지한 마음을 보일 때면 그들은 다시 자유롭기만 한 만남을 찾기 위해 그녀를 떠났다. 그러면 그녀는 무너졌다. 그 자유로움은 나와 조금은 닮은 듯했으나, 내가 원하는 자유란 만나지 않는 자유라는 데서 우리는 결정적으로 달랐다. 나는 올인할 단 한 사람을 위해 누구에게도 100% 내 마음을 주지 않고 있었다. 그럼에도 남자라는 문제는 자꾸 꼬여만 갔다. 단지 작업을 거는 남자들도 있었지만, 진심을 표현하는 남자들이 있었는데, 짧게 가진 만남의 횟수에 비해 그들이 내게 느끼는 감정은 놀랍도록 확신에 차 있었다.

예를 들면, 눈이 오는 날 만났던 해리슨은 영국에 있는 동안 연락을 멈추지 않았고 밴쿠버에 돌아올 때 즈음엔 이렇게 고백했다:
"나는 누가 되든 내 미래의 가족이 될 사람을 위해 정말 열심히 일하고 있어. 지금까지 더 알고 싶다고 생각한 유일한 사람은 너야. 이상하

---

30) 연애와 상관 없이 여자(들)과 자는 남자들을 fuckboy라고 부른다.

게 들릴 거 알지만 널 만났던 순간 뭔가를 느꼈어. 나는 단지 투명하게 비춰지고 싶어서 말하는 거고. 너를 위해 네 옆에 있어 줄 수 있는 사람이 되려고 노력하는 중이야."

─할 말이 없어 "그렇군."이라고 답장했다.

만약 이런 고백이 한 사람에게서 들은 거라면, 혹은 나도 한 사람에게 마음이 가고 있다면 간단한 문제였을 텐데. 결국 고민할 필요가 없다는 결론을 지었다. 분명 내 마음이 알아서 결정해 줄 순간이 올 것이다. 그 전까지는 모두 정답이 아니다. 남자 친구 닐은 만날수록 좋았으나, 나의 인연이 아닌 것 같다는 느낌을 종종 받는다는 점에서 머리가 복잡해지곤 했다.

그러나 타인을 고려할수록 이득을 취하는 건 상대였고, 정작 내 자신은 시간도 에너지도 소비된 채 고통스러울 뿐이란 걸 깨닫자 빼앗기지 않을 내 자신을 위해 단순하게 생각하기로 했다: 그냥 현재 상황을 즐기며 스스로를 마음의 흐름에 맡겨 보기로. 이성이 아닌 감성이 이끄는 대로 살아 보기로. 이기적으로 나만 생각하기로. 그것 외에는 답이 떠오르지 않았다. 그런 생각 속에 맞이한 생일날, 나는 예상치 못한 하루를 보내기 위해 생일 선물을 준비한 뜻밖의 친구를 만나러 갔다.

크리스는 예전에 살던 아파트 엘리베이터에서 종종 마주치다 친구가 된 브라질 사람으로, 10살 이상의 나이 차이가 있었지만 벽이 없는 그의 따뜻한 심성 덕분에 드문 만남에도 좋은 친구가 될 수 있었다. 내가 좋아하는 막걸리를 가볍게 마시려던 계획과 달리, 그가 큰 병에 잔뜩 담긴 소주를 꺼냈을 땐 이미 마음이 바뀌었고 그 술을 전부 마셔 버렸을 땐 그가 이혼했던 아내 이야기를 꺼내기 시작했다.

그의 아내는 이미 두 자녀가 있었지만 사랑에 순진했던 그는 그의 아내가 바랐던 재정적인 지원을 '지극히 인간다운 사랑의 결혼'이라 믿었고 얼마 지나지 않아 들통난 그녀의 바람, 그리고 법적으로 대응하기 힘들었던 위자료는 그의 마음뿐 아니라 그의 집도 재산도 전부 다 뺏어 갔다.

매일 밤, 회사에서 일을 마치면 디제이가 되어 낮과 밤의 모든 정수를 누렸던 인생의 즐거움 역시도. 이성이라는 타자는 정말로 한 사람의 인생을 그냥 무너뜨릴 수 있었던 것이다. 그래서 어쩌면 우리 세대는 고의적인 명목으로 앞 세대를 본받지 않은 걸지도 모른다. 하지만 타애 없는 자애는 반드시 불완전할 수밖에 없다는 점에서 차라리 앞 세대를 뒤따라 아파 보는 것이 낫겠다는 생각이 들었다. 그러자 자연스레 눈 오던 2월의 밤이 떠올랐다.

비슷한 세대였던 해리슨은 그 여자를 사랑한 건 마음의 고통으로 알았다고 말했을 때 처음 보는 내 앞에서 조금 훌쩍였고 나는 그 취약함이 부러웠다. 그때 아마 술에 취해 이런 식으로 위로의 말을 던졌을 것이다.
"나도 그 감정 느껴 보고 싶어."
사실 나는 몹시도 로맨틱한 사람이라 깊이가 없는 사람들에 둘러싸인 밴쿠버의 시간이 단단히 얼린 마음의 벽을 세워서 스스로도 그 벽을 허물지 못하는 지경이 되었는지도 모른다. 이제 이 벽을 허물어 줄 수 있는 사람을 간절히 원했다. 내 세대에 속한 가볍고 쉬운 만남의 되풀이를 원망한 채, 오랜 세대의 끈끈하고 진솔한 인연을 열망했다.

열심히 사교 활동을 한 결과, 내 주변엔 사람들이 넘쳐 나게 됐지만 '연결되었다'는 느낌을 받을 수 있던 순간은 몇 없었다는 게 이곳의, 이 세대의 '인간관계'의 현실이었다. 만날 때는 친근하게 포옹하지만 두 번 다시 만나지 않을 수 있고, 친하지 않아도 인스타그램의 스토리에는 얼굴이나 이름이 내비칠 수 있으며, 모르는 사람이어도 생일 파티에는 초대받을 수 있다. 친한 사이와 친하지 않은 사이의 경계는 사라지고, 이 가벼운 세상에서 결국 나란 존재도 함께 가벼워지게 되는.

내 생일이 있던 9월은 유독 많은 사람들의 생일 파티에 초대된 달이었는데 한번은 부자 동네라 불리는 웨스트 밴쿠버의 맨션에서 열린 생일 파티에 가게 되었다. 수영장이 딸린 3층의 거대한 맨션에서 생일 주인공은 별다른 의미가 없는 파티 호스트에 불과할 뿐이었고 모두에겐 그저 맨션 파티에 초대되었다는 사실만 중요한 듯 보였다.

가장 화려한 겉모습에 가장 속은 비어 있던 파티 현장은 마치 '보이기' 위해 살아야 했던 한국에서의 내 모습처럼 보였다. 보이는 게 전부인 듯이 여겨지는 문제는 한 국가만이 아니라, 인간 사회 모든 곳에 만연해 있는 걸지도. 나는 내 생일을 정식적으로 딱 한 번 기념했는데, 그건 친구들과 양꼬치를 뜯어 먹으며 맥주를 마시는 일이었다. 모든 애기를 공유할 수 있을 법한 친한 두 친구와 밤 11시, 중국인들이 운영하는 꼬치집에서 만나 다음 날 아침 6시에 집에 가기까지 술에 취한 우리의 모습을 찍어 가며 기나긴 대화를 하고, 함께 해가 뜨는 것을 보며 우정에 끌어안는 그런 기념 말이다.

그러나 이성이 아닌 감성이 끌리는 대로 살기로 결심한 뒤에는 생각을 잠시 닫아 두기로 했다. 꼿꼿이 현재 삶을 살되 고의적 '생각 없이 살기.' 오래전, 수업 중 한 학생은 본인이 캐나다에 온 건 생각 없이 살고 싶어서였다고 말했다. 처음에 이 발언을 들었을 땐 생각 없는 건 최악이라고 그동안 여겨왔기에 심한 거부감이 들었었는데, 곱씹을수록 어쩌면 지금 시대에 맞는 최상의 솔루션이라고 여겨졌다.

인간관계 문제와 함께 취업 비자 신청 서류에 또 다른 어려움이 생기고, 앞날이 확신되지 않자 그냥 인정해 버리기로 했다. 내 삶은 죽을 때까지 문제의 연속이 될 것과 앞으로 최소 2년간은 영주권도 정착할 직장도 보장받지 못한다는 것을. 그래서 그저 즐기기로 했다. 불안정한 처지도 복잡한 이성 관계도 저축은커녕 매달 마이너스가 되는 듯한 월급과 물가 비례도 모든 것들 전부 다, 생각하지 않기로. 그 누구도 진지하게 보기 힘들지만, 그 누군가는 내 사람이 될 거라는 가능성을 항상 열어 두고 아무것도 확신할 수 없지만, 그 무슨 일도 일어날 수 있을 거란 열린 기대감을 항상 잃지 말고서 우연이 주는 선물을 기대하며 가능성에 투자하는 것을 멈추지 않기로 결정했다.

내 사람이라면 혼란 없는 확신만을 줘야 한다는 이유로, 평생을 함께할 사람이 아니라면 교제의 의미가 없다는 이유로, 나는 남자 친구 닐은 언젠가 내 곁을 떠나갈 상대라고 여겼고, 그에게 항상 감정적인 거리를 유지해 왔다. 보고 싶다는 말도 좋아한다는 말도 좀처럼 하지 않는 차갑고 나쁜 여자 친구가 되려고. 차라리 이런 내가 미워져서 나를 떠나 버렸으면 좋겠다고 혼자 발버둥친 것을 그는 모를 것이다.

그러다 이를 뒤집는 사건이 생겼다. 어느 날 그와 다소 크게 다투다 말고 갑자기 알 수 없는 눈물이 핑 돌았다. 나는 여기서 삶의 뿌리를 다시 내리고자 애를 쓰고 있었지만 그는 나의 고생을 이해할 수 없는 캐나다 사람이라는 게 또한 내 고통을 울며불며 말하기엔 그는 아직 어리다고 생각했고 그래서 가장 가까워야 할 사람이 가까울 수 없다는 게 그러나 이것을 다 말할 수 없는 상황에서 나는 결국 '표현하지 않는 사람'으로 비춰진다는 것 또한. 그동안 꿋꿋이 참아 왔지만 사실은 버거웠던 현실이 서러웠나 보다. 훌쩍이며 시작했던 눈물은 이제 터져 나오기 시작했다.

"내가 얼마나 애쓰며 사는지 너는 이해하지 못하잖아. 너는 여기 사람인 데다 즐길 나이에 불과하니까. 내겐 모든 것이 도전이고 문제와 희생의 연속이라고. 비자를 신청하는 것도, 받는 것도, 일하는 것도, 페이도, 집을 구하는 것도, 누군가를 만날 시간을 내는 것도. 너는 나를 만나는 게 쉽겠지만 나는 제대로 쉬지도 못하고 일하고 공부하고 그리고 너를 만나 놀다 보면 시간을 잃어버리고, 그리고 다음 날 일어나면 '내가 뭐 하는 거지? 내가 제대로 살고 있는 건가?' 혼자 고통스러워하고, 혼자 힘들어하는데 너는 모르지."

눈물과 콧물을 쏟으며 힘들었던 감정을 짧은 인생에 처음으로 털어놓자 그는 사랑으로 모든 걸 이해하는 듯, 조용히 그저 들었다. 이내 내 손을 잡고 말로 표현할 수 없는 눈빛으로 나를 보더니, 그를 사랑하냐고 물었다. 얼마 전 그가 내 머리를 쓰다듬으며 "나, 너를 사랑하는 것 같아."라는 말에 그냥 웃기만 했던 것이 기억에 떠올랐다. 그가 "너 나 사랑해?"라고 묻자, 잠시 주춤했다. "나는 아직 사랑이 뭔지 모르겠어."— 누군가에게 마음조차 제대로 품어 본 적 없는데. 그 누구도 몰랐던 내 눈물을 왜 그에게 털어놓았지? 나는 잠시 망설이다 말했다. "사랑해."

그가 사랑하냐고 묻는 순간, 우리가 만들어 낸 둘만의 시간들이 머릿속에 스쳐 지나갔다. 함께 잔디밭에 누워 있다 만났던 새빨간 별똥비, 같이 들은 몬트리올 거리의 음악, 밤이 깊도록 끊기지 않던 둘만의 대화, 비행기에서 몰래 술을 마시고 키득거리며 했던 장난질, 옥수수밭 미로에서 길을 찾다 말고 키스에 시간 쏟기. 우리가 함께 보낸 시간들은 무엇을 하는지 행위와 상관 없이 늘 좋았다는 사실과 그와 있을 때만 갖는 편안하고 행복한 감정이 아무도 부수지 못했던 내 단단한 마음의 벽을 명백히 허물어 버렸다. 그래서 그 앞에서 눈물의 얼굴을 보이며 취약함을 허용하고, 나도 몰랐던 내 고통스런 감정까지 쏟아 흘렀나 보다.

나의 '느낌'은 다시 해동되었다. 마치 2022년 6월 6일, 밴쿠버 공항을 빠져 나와, 낯선 캐나다의 풍경을 보며 예측할 수 없는 새로운 운명에 심장이 뛰기 시작했듯이. 내 마음의 벽이 무너지고 녹았다. 처음으로 누군가에게. 예상치 않았던 새로운 운명이 나를 어디로 이끌지 다시 한번 그 불확실한 길을 기대해 보며.

Ch. 10
The Final Dance

 핼러윈 시즌이 다시 시작되었다. 작년, 그러니까 2022년은 첫 경험의 '파티 문화'로서 핼러윈을 열광하며 맞이했으나 이제 파티는 이미 온갖 종류를 다 경험했다는 점에서 핼러윈은 그저 놀아야 할 변명거리에 지나지 않았다. 술에 취해서 음악에 머리를 흔들고, 다음 날까지 머리가 아프고 속마저 불편했으나 놀고 싶지 않다는 마음의 불평을 무시하고, 평일이어도 끝끝내 핼러윈 당일까지 파티에 갔다. 얇은 코스튬에 벌벌 떨며 클럽 앞에 줄을 서면서. '나는 이 시간 이곳에서 무엇을 원하는가.' 라는 진심 어린 질문을 열심히 외면하고 있었다.

 그것은 거슬러 올라가면, 사람들 때문이었고 더 깊이 분석해 보면 내 목소리를 들어 주지 않을 만큼 나 자신을 덜 사랑했기 때문이었다. 모두가 어린아이가 되는 핼러윈에도 아무 곳도 가지 않고 아무것도 하지 않을 거라는 누군가의 계획을 들으며 나는 텅 빈 내 자신을 느꼈다. 나는 여전히 가고 싶지 않을 곳을 가고, 하고 싶지 않은 것을 하고 있었다. 즐기지 못할 파티에 가고, 마시고 싶지 않은 술을 마시고, 만나지 않아도 될 사람들을 만나고.

핼러윈 당일, 클럽에는 엄청난 인파가 몰려 있었다. 그중엔 아는 사람들의 얼굴도 많이 보였는데, 그러다 티안을 마주쳤다. 약 반년 전 만났던 중국인 딜러들과 함께 클럽 테이블을 잡아 사람들에게 접근하며 그들을 테이블로 데려오는 똑같은 그 모습을. '여전하네.' 그런데 분하고 창피했던 건, 그도 내가 여전하다고 생각할까 봐, 짧고 야한 코스튬을 입고, 새벽 1시가 넘은 시간 핫한 클럽 현장의 내 모습을 보고 그도 '역시,' 할까 봐, 그게 분했다. 나는 분명 바뀌었는데, 왜 똑같은 일들이 반복되는가, 똑같이 살고 있는 듯 보이는가. 그건 사람들을 위해, 또다시, 이곳에 오기 전 나의 모습처럼 타인의 기대에서 자유롭지 못했기 때문이라 여겼다.

같이 놀자, 만나자, 술 한잔할래, 친구 하자, 데이트하자, 파티하자. 수많은 메시지들. 수많은 관심들, 추파들. 그것이 쌓이다 보면 후회할 일들을 하기도 했다. '나를 위해 살아 준다고 했잖아.' 나는 나 자신을 원망했다. "나 집에 갈게." 친구들에게 서둘러 말한 뒤 클럽에서 뛰쳐나갔다. '이제 진짜 끝이야. 이런 삶은 끝이야.' 분노를 곱씹었다. 얇은 옷 속에 차가운 새벽의 공기를 느끼며, 우버로 편안히 집에 가는 호사를 스스로에게 허락하지 않겠다고, 독한 술에 머리가 아프고, 속은 뜨겁고 역겹고, 넘치는 사람들로 30분 이상은 서서 가야 하지만 이 고통을 다 겪기 위해 버스를 탔다. 버스에 타 피곤한 두 눈과 다리를 버겁게 견디며 새로운 내가 원하는 건 무엇인지 깨달았다. 잘 놀고, 인기 많은, 파티를 다니며 사람들과 활발히 교류하는 그런 여자는 이제 사라져야 한다고.

그로부터 한 달이 지나는 동안 파티나 모임에 가지 않았다. 주말엔 술을 마셨지만 가장 가까운 친구들만, 혹은 남자 친구와 시간을 보내며 만날 사람과 만나지 않을 사람을 구분해 갔다.

서서히, 이건 분명하게도 밴쿠버에 오기 이전의 내 모습이었다. 그러나 확실하게 다른 것이 있다면 이제 타인의 기대에서 나를 내려놓을 준비가 되었다. 캐나다에서 내 멋대로, 내가 원하는 대로 하는 자유를 외쳐 왔으나, 이제 새로운 자유를 얻자고 다짐했다. 내 마음대로 하지 않을 자유, 타인이 원하는 대로 하지 않는 자유가 합해진. 그런 자유를 이루고 싶었다. 상대를 등질 수 있는 자유가 부족했다. 사회적 동물이라는 인간적 본성으로 웃는 얼굴에 함께 웃지 않을 용기가.

그동안 매몰차지 못했다. 상대방을 완전히 잃고 싶지 않은, 혹은 풀려난 자유를 가두지 않겠다는 나쁜 욕망에 맞서지 못했고 해를 받는 대상은 고로 나였다. 곧 나는 나 스스로를 해치고 있었다. 그 욕망에 취하면 하던 생각과 고민이 멈추고, 그러다 다시 시작되는 그 패턴에 홀로 남몰래 고통받고 있었던 것이다.

자유는 흘러가는 대로 사는 것이 아니라, 내가 원하는 대로 흘러가게 하는 '힘'이다. 실험이란 명목으로 내 자신을 내려놓고 자유롭게 풀어 주다 길을 잃었고, 이제 길을 찾았으니 다시 나를 길들여야 했다. 나는 이제 새로운 자유를 꿈꿨다. 다스리는 자유를. 욕망을, 사람을, 감정을, 시간을, 돈을, 삶을. 만날 자유, 만나지 않을 자유. 웃을 자유, 웃지 않을 자유, 즐길 자유, 즐기지 않을 자유—할 수 있는 자유와 하지 않을 수 있는 자유, 그 '균형' 지점을 찾고자 남몰래 발버둥치고 있었다.

　매주 스트레스를 받으며 새로운 균형 지점에 도달하려 했지만, 할 것과 하지 않을 것을 구분할 지식의 깊이가 부족했고, 내 자신도 타인도 욕망에 끌려가지 않는, No를 말하고 즐기지 않기를 선택할 수 있는 통제력도 부족했다. 이미 한껏 자유롭게 살다 보니—실험 부작용으로—, 나 스스로도 나 자신을 제대로 다스리지 못하는 듯했다. 그러다 결정적인 한 사건이 터졌다. 마치 신이 내 머리에 총을 쏜 것 같은.

　한 달 동안 이러한 고민을 하던 중 연애도 끝내야 한다는 생각, 그것이 결국 결심이 되었을 때 나는 닐에게 끝을 선언했다. 그가 right person 이라면 혼란이 아닌 확신만 주어야 하며, 평생 함께할 상대가 아니라면 만나선 안 된다고 여겼다. 그가 매몰차게 등을 보이며 떠나려는 나를 놔주지 않자, 나는 더 나은 타이밍을 위해 며칠간 기다리기로 했다. 그러나 내 마음은 이미 돌아서 있었다. 그래서 나쁜 마음으로 다른 남자에게 빨갛고 선명한 키스 마크를 얻었고, 이는 고작 이틀 후 닐을 만나야 했기 때문에 결정적 시한 폭탄이 되었다. 화장으로 가려지지 않는 그 마크는 선명하게 남아 당연히 그의 눈에 걸릴 수밖에 없었다.

　"이게 뭐야?"—굳은 얼굴로 그가 묻자 나는 이제 다 끝났다고 생각했다.

　"미안해. 너가 미웠어."

그러나, 분노하며 화를 퍼부을 거라 예상했던 그가 슬픔만을 비추었을 때 나는 머리에 첫 번째 총알을 맞았다. "그 남자가 준 것보다 더 오래 가는, 한 달은 갈 키스 마크를 남길 거야."라는 말과는 달리, 혹여나 너무 아플까, 조심스럽고 부드럽게 내 목에 키스를 한 건 두 번째 총알이었다.

왜 그와 헤어지고자 했는지 불평하듯 내뱉자 "잘할게."라는 그의 대답을 듣고 그를 내 품에 껴안았다. "미안해. 네 거 할게." 다음 날 그가 변함 없이 보낸 'Good Morning' 메시지를 읽고 하루 종일 고민에 잠겼다. 머리에 두 번의 총알을 맞은 뒤, 제대로 판단하지 못한 채 그저 충격으로 그를 덜컥 안아 버린 건 아닌지, 그에게 느끼는 내 감정은 도대체 무엇인지, 어떤 선택을 내려야 할지. 이성적으로는 어떠한 결론에도 도달할 수 없었다.

단지 내 마음만이 조용히 제시했다: '지금,' '내가,' '느낀 대로' 믿고 가라, 이곳에서 새롭게 배운 정답의 공식대로. 혼란스러운 상황 가운데 오직 유일히 확실했던 건 그와 함께하는 시간을 이어나가고 싶다는 마음 하나였다. 상대가 날 진실로 사랑한다고 해서 내 감정을 바꿔야 할 필요는 없다. 그것은 강요, 혹은 공감에 불과하다. 상대가 나를 사랑하니까 이별의 결정을 바꾼 것이 아니라, 그를 떠나기 싫다는 마음을 단순하게 따르기로 한 것이다. 나는 그 감정을 확대해서 해석하지 않기로 했다. 순수하게 확실한 느낌만을 따르기로. 미래를 고려할 필요도, A-Z까지 따져야 할 필요도 없이. 단순한 진심대로 행동하는 것이 가장 정답이었다. 자세한 내막을 모르는 친구들이 그와 헤어지려 한 뒤 또다시 선택을 바꾼 나의 결정에 염려의 말을 보냈다. 하지만 나는 오직 나만의 정답을 믿고 다른 사람의 말을 마음에 담지는 않기로 했다. 그들은 내가 아니다. 고로 답을 알 수 없다. 그들의 선택은 나의 정답이 아닌, 그들의 정답이다.

심각하게 생각하지 않았을 때, 복잡한 생각을 떨쳐내는 강력한 느낌. 그것이 향하는 곳을 택하면 항상 좋은 결과가 잇따랐고, 오랫동안 고민하고 내린 무거운 결정이란 대체로 틀린 선택이었다. 이성이 아닌 감성이 옳을 때가 있다는 걸 믿어 주자. 한 달이 지나고, 친구들의 예상과 반대로 나는 다시 닐과 사랑에 빠졌고, 그가 나의 '올인할 대상'인지 고민했다.

그러던 어느 날, 갑자기 친한 친구에게 전화가 왔다. 그는 함께 숨겨 주던 닐의 과거들을 내게 털어놓았다. 화가 나서 손이 떨리고, 일도 공부도 아무것도 집중할 수 없었다. 헤어져야 맞는 상황이었다. 그러나 나는 오히려 이를 계기로 내가 올인할 사람은 그라는 것을 깨달았다. 그럼에도 그와의 인연을 포기하지 않고 싶다는, 그 기적적인 마음은 내가 그를 정말로 '사랑'한다는 것을 알려 주었기 때문이다. 그리고 얼마 안 있어, 그에게 숨겨 왔던 나의 잘못들 역시도 모두 들통나고 말았다. (인생은 타이밍과 나비 효과의 드라마다.)

그에 대해 확신할 수 없다는 이유로 난 언제든지 떠날 수 있는 사람처럼만 연애했고, 그러다 케이도 만나 버린 과거가 드러나자 분노와 충격에 그의 안색이 하얗게 변했다. 여지없이 그가 나와 헤어질 거라 생각하고, 한 가지 사실만 전하기로 했다.

"너가 나를 길들였고, 나는 널 사랑해."[31]—얼굴을 테이블에 처박은 채 말이다. 잠시 후, 이제 100% 전념하라는 그의 말을 듣고 화들짝 고개를 들어 그를 쳐다봤다. "100% 전념할 수 있어?" 그가 물었다. 그러니까, 그는 나를 포기하지 않고 다시 한번 믿어 보기로 한 것이다.

나는 책임 없는 자유를 완벽히 포기하고 100% 책임지는 자유를 선택하기로 했다. 길들여지기로. 그도, 나도 끝없는 위기로 인해 서로에 대한 마음을 알게 되자, 나는 처음으로 혼란스럽지 않았다. 나는 마침내 한 사람을 택했고, 나를 그토록 괴롭히던 혼란스러운 이성 관계 문제는 드디어 끝이 났다. 선택과 올인을 하고, 책임을 가지자 놀랍게도 비로소 진정으로 자유롭다고 느꼈다. 내가 선택한 것을 위해 마음대로 하지 않는 자유. 선택한 자유. 그 선택에 충실하는 데서 오는 자유.

항상 위기가 고인 문제들을 해결하고, 인생을 한 발짝 나아가게 해 준다. 물론 불확실한 게 인생이고, 사랑이고, 그래서 그가 나와 영원히 사랑할 거라고 믿는 것이 아니다. 그러나 불확실한 그 사랑에 충실해 보기로 했다. 그리고 여전히 불확실한 캐나다 정착 여정도 이어가기로 했다. 어쩌면 나는 또 다른 이름의 실험을 시작한 건지도 몰랐다. 아무것도 확신할 수 없이, 가지 않은 새로운 길을 가는 것.

---

31) 소설, '어린 왕자'에서 야생 여우가 어린 왕자에게 길들여졌다는 구절을 빌려온 말이다.

어느덧 밴쿠버에 온 지 1년, 그리고 또 다른 반년의 시간이 흐르자, 한국에서 가졌던 내 모습이 다시 보이기 시작했다. 목표에 몰두해서 자지 않고 쉬지 않는, 외출을 삼가고 혼자만의 시간 속에 엄격히 일하던 그런 모습. 그러나 동시에 이전의 나와는 확실히 다른 나였다. 새로운 정체성을 얻었다기보단 정체성의 해방을 이룬, 그래서 다른 나. 나의 의식과 무의식을 지배하던 문화의 권력을 벗어나고, 나를 지켜보던 시선에서 해방되고 '이래야 돼, 저래야 돼' 틀을 제시하는 규칙도 사라지고, '이게 맞아, 저게 틀려' 믿고 있던 가치관도 산산조각 나 버린. 나는 캐나다의 시간에 나를 둘러싸던 수많은 이름의 번데기를 부숴 낸 투쟁의 시간이라는 이름을 붙였다. 벗겨져 나온 그 번데기 안에 다시는 돌아가지 않기를 바라며, 나는 진심으로 날갯짓을 연습했다.

나의 여정을 담아내던 책은 어느덧 마지막 분량만 남아 있었는데, 결론을 찾기 위해 두 달이 넘는 시간 지독히 방황했다. 나는 결론을 향해 글을 쓰고, 결론을 향해 살고 싶었다. 늘 드라마는 있었으나, 모든 것이 결론을 향하기를 바랐다. '그래서 결론이 뭐야.' 매일 나 자신에게 질문했다. 그리고 깨달았다; 결론은 영원히 없을 것이라는 결론.

제일 중요한 사건도 없었다. 겪은 모든 일들이 연결되어 있었기에 모두 결정적인 사건들이었다. 파급 효과, 혹은 상쇄 작용으로 말이다. 특히 내가 실수나 실패라고 단정할 만한 일들이 가장 의미가 있었다. 삶은 Joy and Pain, Sunshine and Rain의 리듬 댄스였고 그 속에서 춤을 추는 것이 내가 보낸 시간이었다. 뜨겁게 열정적으로. 혼란. 확신. 설렘.

불안. 안정. 만족. 후회. 희열. 쾌락. 갈등. 이 모든 것의 오고 감 속에서 열심히 춤을 출 것. 아픔과 어려움을 견디다 보면 반드시 기쁨의 순간이 찾아왔고 그렇게 계절같이 높고 낮은 인생의 기복을 그냥 받아들일 것.

항상 'I don't have a choice'에 저항하고 'There's always a choice'를 외치며 살고 싶었는데 외국 생활을 하다 보면 'I don't have a choice'라고 말할 일이 무지 많다. 그래서 타지살이는 서럽다는 것이다. 나는 내 자신에게 약속했다: 선택은 항상 내가 하겠다. 길이 없으면 길을 만들어서라도 간다. 그러나 공인 회계사와 영주권이라는 두 가지 큰 목표를 동시에 두고, 험난한 길을 가다 이런 고민이 들었다. 앞으로 목표와 정착만을 향해 갈 길이 멀다고 쉬지 않고 직진해야 할까, 또다시 예전처럼.

그러다 한 친구를 만나 내가 좋아하는 술집에 데려갔다. 그는 간판 따위 없고, 어떤 문을 열고 지하로 내려가면 나오는 컴컴하고 음산한, 그리고 지독한 오줌 냄새가 나는 그곳에 놀란 듯했다.

"밴쿠버에 20년 산 내가 모르는 술집을 1년 반밖에 안 살아 본 너는 벌써 여러 번 왔네."와 "너는 여기저기 정말 많이 다녔네."라는 말.

나는 1년 반 동안 지칠 줄 몰랐다. 그러나 앞으로도 세상을 모험하듯 살 것인가. 그의 얘기를 듣다 보니 한국 사회에서 치열하게 살았던 내 옛 모습—밖으로 나가지 않고 '생산'에만 몰두하는—이 스쳐 지나갔다.

그는 머리가 생각으로 가득 차 자신이 ADHD는 아닌지 의심스럽다고

157

했다.

"그렇게 열심히 사는 네가?"

그는 밴쿠버에서 만난 젊은 사람들 중에 가장 열심히 사는 사람이라할 수 있었다. 보통 어떤 생각이 드냐고 묻자, "난 곧 죽을 거야"와 "더많은 돈을 만들고 빨리 집을 사야 돼." 두 가지라고 했다.

"곧 죽을 거면 왜 돈을 만들고 집을 사? 어차피 곧 죽을 텐데."

一따져 보면, 우리 모두는 결국 죽음을 맞음에도 현재를 잘 사는 것보다 미래에 잘 사는 것에 치중하지 않는가.一그는 대화하던 도중 가기로약속하고 예약을 해 두었던 다른 술집을 포기하고 갑자기 집에 가고 싶다고 했다.

'바깥에 쓸 에너지가 전혀 없군.' 성장하고 발전하나 삶이 주는 현재의 시간은 누리지 못하는 것 같은 그를 보자 꿈과 목표가 있어도 삶 자체가 묶여 살지 않는 것이 나의 정답임을 깨달았다. 이 결심은 정반대의친구를 만나고 더욱 확신을 얻었다. 아주 오랜만에 만난 그에게 어떻게살았는지, 앞으로 어떻게 살 것인지 물어보자 어떤 혼란이나 걱정 따위의 것이 없는 듯 보였다.

이는 내 예상과 전혀 달라 충격적이었다. 비자가 만기된 채 캐나다에불법 체류를 한 지 4년이 넘었고, 만 34살임에도 결혼 준비가 전혀 안되어 있으며, 새로 만난 여자 친구는 자동차로 8시간 이상이 걸리는 곳에 사는 미래가 안 보이는 장거리 연애를 하고 있는데, 그런데도 걱정이없다니. 아무것도 확신할 수 없는 삶을 그는 행복하게 누리고 있었다.

158

다가올 새해 목표를 물어보자 "전혀 없어."와 "난 그냥 열심히 현재를 즐기며 살아. 그럼 무슨 일이 생겨."라는 대답엔 단순히 '생각 없이 산다'고 판단할 수 없는 자신감이 실어 있었다. 그는 지금까지 만족하며 삶을 즐겼고, 앞으로도 그럴 것이 분명했다. 누구의 삶이 더 나은가를 따질 수 없었던 건 그는 누가 뭐래도 자신의 인생을 충만하게 살고 있었기 때문이다.

그와 헤어지고 이런 결정을 내렸다: '맞다'와 '아니다'가 아닌, 다만 '내가' '원하는가'와 '원하지 않는가'로 구분할 것.

생각하는 대로 살지 않으면 사는 대로 생각한다는 말에 동의한다. 그러나 생각대로만 살 수 없다는 것, 무엇보다 생각대로만 살면 재미 없다는 것이 나의 조용한 의견이다. 어느 심리학자[32]의 말을 빌리면, 인간은 예상했던 큰 보상을 얻는 것보다 예상치 못한 작은 보상을 얻었을 때 더 기뻐한다고 한다. 즉, 모든 것을 계획하고 돌진만 하는 목표지향적 삶보다 흐르듯 살며 물음표 상자를 얻는 삶이 더 행복할 수 있다는 것이다. 나 역시 1년간 삶을 실험하면서, 동시에 수많은 밴쿠버 사람들을 관찰하면서 그의 연구와 동일한 결과를 얻어내기도 했다.

예측할 수 없는 대로 선택할 때 나온 결과들이 바로 캐나다를 떠나지 못하는 사랑스런 이유를 만들었다. 새로운 진로와 학업도, 온갖 종류의 소중한 인맥과 인연들도, 처음으로 생긴 사랑하는 상대도. 이제 내 삶에

---

32) 심리학자 벤자민 빌더스(Benjamin D. Hayden)의 연구 결과다.

가장 중요하게 자리 잡은 것들은 우연적 선택에 의한 운명적인 결과라는 사실.

그래서 나는 아무것도 결론짓지 않기로 했다. 결론 없이, 어디에도 도달하지 않고, 그저 충실하게 삶을 사랑하며 살 것. 기대하지 못한 무언가를 기대할 것. 어느 날, 마음이 향하는 길이 바뀔 수도 있다는 것을 알 것. 그러면 나는 또다시 새로운 그 길을 주저하다 결국 주저 없이 갈 것이다. 어디에도 메여 있지 않고 내 마음에 충실하게. 정답은 없다. 중요한 건 내 마음이 진정으로 향하는 곳에 가고 있는가, 그뿐이다.

그러므로 나는 언제나 실험할 것이며, 모험할 것이다.
'가장 중요한 질문은 나 자신이 스스로의 모험에 대해 진정으로 긍정할 수 있는가, 그것이다.'[33]

---

33) 미국의 유명한 신화학자 조셉 캠벨(Joseph Campbell)의 말을 빌렸다. 그는 또한 '삶의 특권은 자기 자신이 되는 것'이라고 말했다.

밴쿠버 공항에 내려 보았던 'Welcome to Vancouver'. 모든 것을 호기심 어리게 보았던, 그때의 낯선 시선을 나는 오랫동안 끈질기게 간직했다. 2022년 7월부터 드라마처럼 위협적인 일들이 매일 연속되는데 곁에는 아무도 없어서, 나의 정신은 감당하지 못했고 그때는 글이라는 예술로 승화라도 해야 살 것 같아서, 쉽게 말하면, 안 죽으려고 쓴 게 이 책이다.

특히, 그해 8월에 만난 크리스 할아버지—결말로 Sugar Daddy가 되고 싶다고 하여 차단한—가 몇 개의 에피소드를 듣고 "네가 겪은 걸 사람들에게 알려 봐."라고 조언할 때부터 출판의 목적성을 띄기 시작했다. 그냥 '여기서 이런 일들을 겪고 이렇게 살고 있는 사람도 있어요.'라고 글로써 알리는 거다. 느끼는 건 독자의 자유다. 문제성이 가득한 책이란 걸 안다. 그러나 비방 또한 환영이다. 비방할 수 있고 거부할 수 있는 그 자유 역시 이 책의 주제다.

여기선 정말 별의별 놈들이 별의별 방식으로 사는 걸 보고 배웠다. 그래서 가능한 한 '벗어남'을 담아내고 싶었다. 내가 한국이라는 나라, 혹은 한국인이라는 정체성을 벗어나겠다는 걸 담은 게 아니다. 모두가 자신만의 세계 속에 살 수 있다는 걸 깨닫고, 나도 나 자신으로 사는 특권을 누리고자 캐나다에 있는 것뿐이다.

여름이 지나고, 핼러윈 파티도 끝났으나 그렇다고 파티에 작별을 고한 것은 아니다. 지금은 원하지 않는 것에 분류된 것뿐이다. 나뿐만 아니라 대부분의 밴쿠버 사람들은 여름엔 바깥 생활을 즐기고, 날씨가 추워질 땐 자기만의 시간을 갖는다. 그저 자연스러운 시간, 계절, 자연의 흐름대로 즐길 때는 즐기고 어떤 일에 집중할 땐 집중하는 것이다. 아니지. 그냥 자기가 살고 싶은 대로 마음껏 사는 것이다. 한국에선 가능했던 판단이 여기선 불가능하다. 항상 이럴 수도 저럴 수도 있으며 삶을 어떤 틀에도 가둬 놓지 않되, 항상 자기 마음에 진실히 충성하며 살자고 조심히 주장하고 싶다.

이 글이 재미있을지, 유익할지 솔직히 잘 모르겠다. 오히려 잘못 판단될까 두려울 뿐이다. 넘쳐나는 경험들과 그에 따른 깨달음, 변화, 생각 등을 제대로, 정확히 표현해 내기 위해 무척이나 애를 썼다. 사실 윤리적인 문제들도 있어서 과연 한국에 출판할 수나 있을지, 사람들에게 받아들여질지 전혀 모른 채 썼다. 그러나 특정 내용을 삭제하거나 바꾼다면 그건 진실이 아니며, 동시에 그건 세상살이에 대한 진실이 아니라서 그냥 썼다.

내가 문제아일 수도 있다. 그렇담 앞으로도 계속 문제아로 살 것 같다.

조용히 보낼 것 같았던 2023년은 시작부터 시끌벅적했고, 캐나다의 첫 번째 해보다 더 미친 두 번째 해가 된 것처럼 목표에 죽도록 충성하고 있으나 세 번째 해는 어떻게 흘러갈지, 전혀 알 수 없는 게 인생의 본질이다.

UBC에서 하는 공부는 어떻게 될지, 지금 다니는 직장에선 무슨 일이 벌어질지, 이직은 잘할 수 있을지, 영주권은 언제 받을지, 닐이 인생을 올인할 사랑이 맞을지, 또다른 드라마가 벌어질지. 아무것도 몰라서 인생은 즐거운, 그래서 나는 캐나다가 좋다.

나 역시도 이런저런 일들을 겪으면 생각이 많아지고, 갖고 있던 믿음이 흔들리거나 혹은 아예 바뀌기도 했다. 그러나 이는 한 인간이 겪는 자연스러운 여정이라 여기고, 긍정하며 별다른 수정 없이, 모순을 그대로 둔 채 책 속에 모두 기록했다.

단 한 가지, 책에 쓰지 않았지만 큰 비중을 차지했던 경험이 있었는데 바로 '여행'이다. 캐나다에서 한 해와 반 해를 사는 동안 10번 이상의 여행을 떠났다. 모두가 "너는 항상 여행하네."라고 말할 만큼 빈번하게, 다양하게. 하지만 가장 소중하고 중요했던 순간들은 모두 밴쿠버에서 만들어졌기 때문에 책에서 여행 이야기는 하지 않았다. 그러니까, 삶에서 가장 결정적인 건 모두 일상적인 시간 속에서 이루어진다는 걸 주장하고 싶었다. 일상을 책의 소재로 보는 순간부터 그것을 깨달았다. 스쳐 지나갈 하루를 어떻게 쓸 것인가의 문제가 가장 중요하다.

나의 경우 365일간은 실험 모드였고, 모험을 주저하지 않았다. 매일 멋진 여행을 이어가고 싶었다. 직장 때문에, 학업 때문에, 돈 때문에, 등등 수다한 무엇 때문에 보통의 날을 제한하면 진짜 '사는 날'은 얼마 없을 거니까. 요즘 이 말이 다시 유행하고 있다: '아무것도 하지 않으면, 아무 일도 일어나지 않는다.' 나는 약 두 해 동안 무엇이라도 했고, 무슨 일이든지 일어났다. 그래서 나는 살아 있었다. 친구들은 여전히 나를 Loca(미친 년)라고 부른다. 그러나 지금은 사랑과 도전이라는 건전한 성공에 미쳐 있는 중이다.

아, 물론 못 말리는 말괄량이의 모험은 계속될 것이다. '나만의 모험'은 여전히 내 밴쿠버의 의미이니까.

이상한 밴쿠버의 앨리스

ⓒ 장윤정, 2024

초판 1쇄 발행 2024년 6월 3일

지은이   장윤정
펴낸이   이기봉
편집   좋은땅 편집팀
펴낸곳   도서출판 좋은땅
주소   서울특별시 마포구 양화로12길 26 지월드빌딩 (서교동 395-7)
전화   02)374-8616~7
팩스   02)374-8614
이메일   gworldbook@naver.com
홈페이지   www.g-world.co.kr

ISBN   979-11-388-3186-4 (03810)